AQUARIUS

AQUARIUS

AQUARIUS

AQUARIUS

每個人心中都有一座島嶼，

藉文字呼息而靜謐，

Island，我們心靈的岸。

北山時雨

きたやましぐれ

我的京都前妻懷孕了

王琦玉——著

【推薦序】

兩杯清酒、一隻蟹鉗與安全距離之必要

文◎楊子葆（台灣駐愛爾蘭代表）

在北極寒流席捲愛爾蘭戶外攝氏零下八度的一個星期六，我一口氣讀完琦玉兄二十一個短篇所組成、流暢有味道的輕小說《北山時雨——我的京都前妻懷孕了》，彷彿在人聲鼎沸的都柏林酒吧裡，欣賞了一場村上春樹式的雋永爵士音樂演出。

這一小段前言至少有四個點需要解釋：第一是「輕」小說；第二是熱鬧酒吧與雋永爵

士樂的平行對立；第三，村上春樹；第四則是不管對於京都或台灣都顯得太遙遠的愛爾蘭與都柏林。

輕，當然是不沉重的意思，和「盈」連在一起感覺就要飄起來了，就像一道著名法國料理 Vol-au-vent（奶油肉餡酥盒，法文原意是「迎風飛起」）；另通「清」，也常與「淡」放在一起；其實都對，卻也都不完全對。

這小說最吸引人的重點之一是京都食物的滋味。相對於其他料理，京都味偏清淡，「人生有味是清歡」。輕又與「卿」同音，小說的另一個重點在愛情，甚至說愛情都太沉重了，是若有若無、欲語還休的情愫。「萬事可忘，難忘者銘心一段；千般易淡，未淡者美酒三杯」，說的就是這個。

熱鬧與雋永的對立，或者兩道情感線的平行與互望，彼此欣賞卻不相擾，這是我對清酒搭餐的主觀看法。自己的一個業餘專長是葡萄酒，我深愛而且花很多時間、精力在鑽

北山時雨

きたやましぐれ

研葡萄酒，但對日本清酒了解極為有限。就我的粗淺認識與成見，清酒是以穀物糧食，也就是由米釀成，高級的還講究「精米步合」，酸度不可能太高，幾無澀味，走的是和平共存之道，搭配料理猶如手持隱形盾牌跳雙人舞，永遠保持安全距離；這和葡萄酒以酸以澀以果香以厚味以綿長餘韻與料理的激烈、不小心就會彼此傷害的交會互動截然不同。然而害怕傷害就不能談戀愛，是夐紅的詩吧：「那煙水雲霧的山深處，愛和傷害同一個泉脈。」——清酒與料理無傷無礙，而無傷則無愛，無礙只能期待，我以為呼應了這部小說隱而不顯的深沉主題。

村上春樹呢？《北山時雨》的筆調與村上春樹親切合拍，好看而耐人尋味，坐看花開花落，優雅地擦身而過，學會與自己和好如初。我尤其喜歡《挪威的森林》裡的名句：「每個人都有屬於自己的一片森林，也許我們從來不曾去過，但它一直在那裡，總會在那裡。迷失的人迷失了，相逢的人會再相逢。」在我看來，《北山時雨》的京都，其實就是《挪威的森林》的另一座森林。

那，愛爾蘭與都柏林呢？這就關乎我現在的地理位置了。我目前派駐在愛爾蘭的首都，都柏林，前面說過了，不管對於京都或台灣都顯得太遙遠。為什麼找我寫推薦序？因為距離產生美感？還是遙遠創造客觀？

一邊懷疑，一邊再次翻閱這部小說，突然看到「意志再如何堅決，也敵不過兩杯美酒跟一隻蟹鉗」這樣的句子，我笑了。這不就是愛爾蘭大文豪王爾德名句「除了誘惑，我什麼都能抵抗。」（I can resist anything except temptation.）的琦玉兄版復刻嗎？和王爾德一樣，《北山時雨》偶爾嘲諷別人，但更多時候自嘲與自苦，把感情藏在別人看不到的地方，一個人療傷，學習告別，依然想望。如同王爾德的另一名句：「我們都倒臥溝渠，但有些人卻正仰望星空。」（We are all in the gutter, but some of us are looking at the stars.）

京都如森林，人世像溝渠。但說好的星空呢？《北山時雨》裡的夜晚常有小雨，星星曾經露臉，但月亮從未出現。「當時明月在，曾照彩雲歸」，終究只是兩句書上的詩句，只是別人的詩句，而且是很遙遠的古代宋朝人的詩句。

沒關係，真的沒關係，我再一次咀嚼小說之「輕」。之所以輕，目的並不在逼著我們感動或驚嘆，反而更接近慰藉、療癒或鎮靜。沒有月亮真的沒關係，我們有一閃一閃小星星，我們還有《北山時雨》。

目錄

目錄

火事

我一直都覺得日本人的「被爐」是少數能超越自動麻將機的偉大發明，不管是吃飯、喝茶還是打麻將都很方便，而且一旦雙手雙腳伸進去後，大概除了火災，應該是沒有人願意離開的。

日本新年剛過沒多久，那天晚上特別冷，老町家[1]的木格柵窗縫經常一陣冷風就鑽了進來。我躲在被爐裡，配上一杯京都玉乃光[2]家的京之光燒酎，還有昨天島田先生送來的鰤魚西京味噌漬，聽聽電視上播放著昭和名曲的回放，雙手也沒閒著滑滑手機，我想神仙大概也就如此吧。

老町家的隔音不是很好，外面街上喧譁的聲音忽然越來越大，窩在被爐裡雷打不動的我還在微醺滑著手機。原以為是哪個神社在搞祭祀，感覺在京都，神社比便利店多，而且祭祀活動也都是不分晝夜，不愛看熱鬧的我沒有太多的關注。直到……直到，我的日文能力終於聽出有人在喊「火事！火事！」我嚇得把酒灑了一滿桌，抓起了羽絨衣就往外奔去。

衝到巷口，也沒見著有火或是消防車，倒是圍觀的人把我擋在了巷口，只見遠望隔兩條街的上方有些煙霧，看著圍觀人的表情應該只是虛驚一場。比起看熱鬧，我更關心的應該是被爐跟燒酎。反著人潮走回老町家，只希望我的鰤魚西京味噌漬不要被貓叼走了。

到了家門口，才想起剛剛冒煙的區域應該是冬實（ふゆみ，Fuyumi）家附近吧，心裡有點擔心，但是想想就算折返，我可能也擠不進看熱鬧的人潮吧。帶著有點擔心的心情進了家門，直到又鑽進了被爐，繼續喝著燒酎、配著味噌漬，整個人又活過來了。

沒多久，街上的喧譁聲似乎少了許多，微醺的我，半夢半醒地趴在被爐的桌上，忽然的敲門聲驚醒了我。

北山時雨

きたやましぐれ

「哪位貴客？」我故意有點京都腔地問。通常這麼晚了應該不會有什麼訪客，更別說是我這個獨居台灣大叔。

「王桑在嗎？」聲音有點微弱，我幾乎聽不清楚。

我拉一拉衣襬整理一下服儀，再加了件羽絨衣。羽絨衣跟我的日式浴衣不太搭配，尤其是在一間百年町家老屋的玄關，顯得格外混搭不符。

不太搭的羽絨衣配上嘎嘎響的竹屐，不是很情願去應了門。推開門是一位纖細、優雅的女子，帶點慌亂的馬尾，額頭邊上還垂了幾根誘人的長髮絲。我自己發明叫它「吉原絲」，因為每次看日本時代劇，演到吉原花街的場景，女演員服務完賓客後，總是會露個香肩靠在窗邊，帶點凌亂的盤頭飾總會落下幾根長髮絲，這場景印象很深。不過，這時門口的美女也是跟我一樣浴衣加羽絨服的搭配，肩上還背著一個白色的日式帆布袋，典型那種京都手作坊生產的。一開門低著頭的她，我一下子也沒認出來。

「王桑，不好意思，這麼晚了，臨時來打擾。」我認出緩緩抬頭而且半素顏的冬實。

「冬實桑呀！快進來，快進來。」台灣人熱情的反應都是如此的。不過，一位美麗的單身女子忽然間夜裡造訪，我是有點吃驚又帶點興奮。

「我們鄰居家電線走火，附近鄰居都停電了，想到王桑在附近，就過來打擾了。」我匆忙招呼著冬實進門，又是拿拖鞋，又是進廚房倒茶，也沒認真聽她說什麼，記憶裡大概就是停電吧。

冬實是道地土生土長的京美人，原本嫁給在東京做生意的大學學長，後來因為忍受不了前夫習慣性的拈花惹草，四年前離了婚，回到京都，在附近開了一家咖啡館。而我也是前陣子才住進這町家屋，在附近閒逛後，成為她的客人。

「原來剛才冒黑煙的是冬實桑的鄰居呀！那冬實桑的店沒事吧？」我剛才的懷疑果然是正確的。

「沒事的，就是鄰居的電線走火導致附近幾戶都停電了。電力公司說要明天早上才能修復，因為停電，家裡住不了了，我就想到了王桑。」忙著泡茶的我雖沒仔細聽，但總覺得最後一句怪怪的。

「原來如此。冬實桑的店沒事，實在太好了，不然以後去哪裡喝好喝的咖啡呀。」有點官腔的答話。我倒了杯剛泡好的台灣烏龍茶給冬實，自己也倒了一杯解解酒。我旅行必備烏龍茶，就是為了代表台灣人款待外國人。

「喝點烏龍茶吧，剛才外面那麼冷。」看著冬實那纖細的雙手握著茶杯，裊裊的熱氣穿過她的指縫，也許茶還是很燙，她緊握著杯身，輕輕呼了幾口氣，又放回了桌。光是看著都覺得那茶好喝。

「我剛剛還想著王桑會不會已經休息了，我是不是太失禮了。」我一輩子都搞不懂京都人的思緒，如果真的覺得失禮，那就別來呀！難怪全日本人都覺得京都人難懂，而且表裡不一，我深刻體會……

其實今天冬實的客套是最讓我驚訝的，雖然認識也就一兩週前的事。剛搬進這町家屋，我就馬上在附近探險，逛到冬實的店，明明就是一間已經可以放進博物館的町家屋了，卻在門口的小木板招牌上寫著「Café Lavande」，薰衣草咖啡館。和法混搭加上京美女老闆娘，要不迷上還真難。一開始是衝著優雅、舒服的環境，當然還有漂亮老闆娘，但是冬實除了有顏值外，招呼客人的技巧完全不輸給那些百年料亭[3]的媽媽桑。除了第二次進門就認出我來，還細心記錄每個常客的習慣。自那天起，我每天的外食咖啡就被冬實給包辦了，除此外，每日不同的小點心也讓我完全毒品般的上癮。讓她如此細心地照顧，除了腰上那新增的兩公斤贅肉外，兩人的互動也越來越親密，要說兩人有點情愫，我想旁人都有如此的想像。

「這個時間，王桑是不是已經休息了？我真的是不好意思。」雖然是半素顏的冬實，但是那白裡透紅的皮膚、纖細的身材、略帶點憂鬱的眼神，十足的京美人，換作是別人，我早趕出門了。

「怎麼會，我都很晚才睡的，而且台灣跟日本還有一個小時的時差呢。」我壓抑著快打出的呵欠，極力解釋。

「那就好，我也希望王桑永遠都健健康康、規律地生活。」就算是客套話，也把我說得心都酥了。

「那冬實桑等會是要回父母家嗎？你家今天應該住不了了吧。」我雖沒有京都人的小心眼，但是先把事情弄清楚還是比較重要的。

冬實就住在店的樓上，那老町家屋也是他們家的祖產。家境不錯的冬實，離婚後就一個人搬到了這老町屋，同時也開起了這小咖啡館。

「那可能有點麻煩了，父母家離得有點遠。那……所以今天王桑家不方便嗎？」冬實雙眼發出的哀求雷射光，把我電得只能頻頻點頭。

「不是的，我是怕冬實桑擔心……不好意思……考慮……」我支支吾吾找不到藉口了。

「怎麼會，王桑是Gentleman，我非常相信王桑的。」冬實帶點俏皮的微笑說。茶似乎是不燙了，她忽然抿了一大口。

應該是我比較擔心吧，孤男寡女。雖說這老町家面積也算大，再多住十個八個也不算擠，反而是一男一女才尷尬。再說平時在冬實的店裡，大家面前互動得也算親密，反倒是忽然的獨處，雙方也自動地客套起來。她到底在打什麼算盤？還是我自己想多了？

「王桑，不好意思，剛剛匆忙跑來，也出了很多汗，不知道方不方便讓我用一下浴室洗個澡？」邊說，她還邊把背來的帆布包打開，貌似連換洗衣物都帶了。

「當然沒問題，我去幫你放水。」我開始有點覺得可疑了。

「我自己來吧，不好意思麻煩王桑。」果真，包裡是替換的衣物。

「不，不，還是我來吧。雖然我也稱不上是主人，但是冬實桑肯定是客人，我另外幫你準備毛巾吧。」服務業出身的我，肯定要周到。

我從衣櫃裡拿出夏希（なつき，Natsuki）幫我準備的毛巾，說是為了之後開民宿買的，這會卻讓我先用上了。雖說是老町屋，但是浴室也已經先改造過了，啞光的石板磚配上杉木製的浴缸，浴缸邊還配了個木製臉盆，雖稱不上什麼溫泉旅館，但和這百年老町屋也很搭。

「還是王桑體貼呢，能嫁給王桑的女人肯定很幸福的。」冬實給了我一個天殺的微笑。

我越想越不對勁，趁著冬實入浴時，趕緊把客用床被套鋪好，再把我自己已經鋪好的床被套移到了客廳。雖說這老町家還有其他空的房間，但是我想故意把自己放在客廳也是一種訊息吧。聰明的冬實應該會懂得。

鋪床的速度很快，但是要揣測冬實的想法可能一整夜都不夠。我又鑽進被爐裡，等著美人出浴，大概等了有一萬年，緊張又興奮的心跳貌似都要跳出嘴了。

「哇！還是町屋的老浴室舒服，我整個人都活過來了。」看冬實穿著比較寬鬆的浴衣，白皙透紅的鎖骨，盤上頭髮後露出的雪白後頸冒著汗水，側耳還有幾絲吉原絲，我開始後悔太早鋪床了。

「嘖。」冬實斜眼看了已經鋪好的床，口裡暗笑一聲，還是走回了客廳，把赤腳伸進我的被爐。

「泡完澡，好熱，好舒服喲！」她盤頭後仰，露出了大片鎖骨。即使畫面還不算十八禁，但也是致命武器。

北山時雨

きたやましぐれ

「再來點烏龍茶，還是要冰茶？」我邊擦著鼻血邊問。

「欸……不好意思，可以喝酒嗎？」冬實嘟著嘴，露出小孩討糖的臉孔。

「有的，有的。Yebisu[4]可以嗎？」想起日本人泡完澡都是喝冰啤酒的。

「No! No! No! 可以跟王桑一起喝燒酎嗎？」冬實似乎有點回到兩人在店裡互動的親密態度。

「敗給你了。Rock[5]可以嗎？」我起身去拿了杯子。

「王桑，最高[6]！我最喜歡了。」怎麼感覺還沒喝就有點 High 了。

「乾杯～」敲完杯，冬實還故意調皮地用腳趾頭在被爐裡勾了一下我的腳底板。

這是第一次沒在冬實的店裡，兩人的獨處。我開始看到平時沒見過的冬實，也領悟到大家常說京都人有兩面的形容。喝著，說著，也聊到了她的前夫。

「當初我母親是很反對我們結婚的，尤其對於他是東京人的背景更是不能接受。」別說是東京人，我覺得京都人應該是瞧不起全日本人吧。這個「京」字的虛榮心已經傳承千年了，我還真沒見過外地跟京都聯姻有幸福的。

「其實一個人也過得很開心，想吃、想喝、想睡都很自由，也沒有需要擔心的人。王桑不也都是一個人嗎？我就很羨慕像王桑可以到處旅遊，遇到喜歡的地方就住下來。」
雖然聽她說得輕鬆，但是話後那一大口燒酎也看出她心中的沉重。我真相信，不多喝兩杯，真的沒辦法了解京都人，更何況是京都女人。
「冬實桑會不會覺得寂寞呢？」其實我並沒有興趣知道，只是順著氣氛展開話題。
「不去爭取幸福的人才會寂寞吧。」我被這回答愣了一下，不過好像也是有道理。
雖然認識冬實不久，感覺也有點神祕，不過那種有獨立想法，又很主動積極的個性，比較不像傳統日本女性。是京都女性的特色嗎？還是她個人人生歷練的影響？我開始也覺得有點好奇，但最好奇的還是她今晚突襲我家的目的。

「那冬實桑今天也早一點休息吧，明天你還有很多事要做。」喝完了杯底酒，我起身收拾了空杯和吃完的鰤魚漬空盤。
「喔，好吧。王桑也早一點休息喲。」冬實帶點不情願的口氣。
我洗好杯盤，走回客廳，側看到冬實已經躺入我鋪好的被褥，臥房的燈也關了，但是和客廳之間的紙門卻留了約一尺的門縫，與其說是門縫，倒比較像是等人入門的訊號。
透過那一尺的門縫，客廳的燈光斜射進臥房的榻榻米上，透過微弱的反光看著已經闔眼的冬實，真是美極了。我輕聲地徐徐把門帶上，似乎隱約聽到「嘖」的一聲。闔上門後，迅速鑽回我的被爐，帶點興奮和緊張的心情，不知是不是酒精作祟，腦海裡同時出現浪漫偶像劇和「愛情動作片」的場景。我緊張得不敢動彈，深怕發出奇怪的聲音造成誤解，慢慢地把棉被拉上，拉到全身埋進被爐。

「王桑……」微弱的聲音來自臥房。

我趕緊輕輕地把棉被拉下，直到露出兩個鼻孔，然後刻意地慢慢加大呼吸聲，假裝沒聽見任何聲音。連續兩聲的「王桑」得不到回覆後似乎也放棄了。我持續發出十二分貝的呼吸聲，直到自己進入夢鄉。

如果酒精能使人快樂，那絕對只是單純加強了你的幻想力。

翌日——

每天睡到自然醒是我搬到京都後最好的生活習慣了。推開木門，朝南的老町屋陽光非常充沛，看到臥房裡的被褥已經被摺疊整齊地堆在櫃子前，頓時心中的大石頭也掉下來了，有點像是經過颱風夜後的舒爽清晨。習慣性地走進廚房，一杯京都水沖的咖啡是每日第一件功課。忽然發現廚房裡的餐桌上已經有一套完整的日式早餐，鹹鮭魚、玉子燒、小葉菜，還有奈良漬，電鍋裡也似乎有已經在保溫的稀飯。筷架旁還留有一張對摺的紙條。

不知道王桑是個君子呢？還是沒有膽量？嘻！

謝謝！☺❤

北山時雨

きたやましぐれ

其實沒有膽量的都自稱是君子。——語自君子

1 町家：日本傳統木造建築。
2 玉乃光：京都當地知名的清酒及燒酒品牌。
3 料亭：日式傳統高級餐廳，通常服務人員都是身著傳統和服，以及傳統服務模式。
4 Yebisu（惠比壽）：啤酒品牌，日本高級啤酒代名詞，主打全熟全麥的特色。
5 Rock：「On the rock」，指酒精飲料加冰塊飲用。
6 最高：日文，指太好了的意思。

北山時雨

きたやましぐれ

緣不斷，約如初

會來到京都 Long Stay 也是一種緣分，來自夏希的緣分。夏希是我的前妻，混血大阪和京都，短髮俏麗，開朗愛笑的個性，是個典型的關西美女——除了不喝酒以外，這點實在不太像大阪血統。兩年前帶著大家的祝福嫁給了身為台灣人的我，即使是容易相處的關西人個性，輾轉在台北及日本的生活也是很難適應，終於在上個月提出了分居、甚至離婚的請求。沒有過異國婚姻經驗的我當時也不知道如何對應，只同意讓她先回家一陣子再說吧。

這段時間，我們仍保持著朋友般的聯繫。對於未來，可能雙方都有一些無法取捨的判斷，逃避現實、維持現狀卻變成了雙方的共識。每天看著夏希已經簽名的離婚申請書，爭取？還是放棄？這比夾在烏龍麵還是蕎麥麵的選擇中更難。

那天跟菲利普大哥在獺祭吧喝了兩杯，菲利普大哥離過兩次婚，我想這方面，他肯定能成為我的導師。喝完最後一口獺祭二割三[7]時，大哥他起身就丟了一句話給我：「婚姻不會去適應你的，只有你去適應婚姻。」一聽完，我愣了兩分鐘才發現，大哥他沒埋單就走了！

自己沉澱下來想想，也許當初雙方都太衝動就決定了婚姻關係。哪怕我自認有多了解日本文化，畢竟婚姻不只是文化而已，還包括語言、生活習慣、飲食、天氣、信仰，甚至是養貓還是養狗等等。也許我當初真的太輕視對日本的了解了。想清楚了，也該有決定跨出第一步。

那天——

「莫西莫西！元氣？」手機視訊傳來熟悉的聲音和素顏。

「喲，素顏還跟我視訊呀！」我調皮地吐槽了一下。

「嘻！莫西莫西，我是北川景子[8]，嘻！」這典型關西人裝傻的招數，把我笑得連嘴

北山時雨

きたやましぐれ

裡的啤酒都噴出來了。

「其實是有事要請王桑幫忙。」夏希稍微回到正經態度對話了。

「怎麼了？要介紹 Diago 給我認識嗎？」我也回了一個關西式的吐槽。

「不是啦。說正經的啦，前兩天去外婆家，大舅子說家裡在北野附近有個老町家房子，以前是作倉庫的，空了很久，想要改成民宿，但是並不是在大街上，不知道合不合適。所以想請教王桑這個大專家，用旅人的角度給一些意見。」邊說，夏希還把照片傳過來。

可能是因為夏希的父母工作的關係，一直到高中畢業時，她都還跟外婆住在京都，雖說是混血大阪和京都，可能京都的比例還是高一點。夏希的母親是京都人，父親是大阪人，不過全家目前住在大阪和神戶間的蘆屋市，是關西有名的富人區。夏希的雙親也是少數我見過最和諧的大阪與京都的聯姻。尤其是她母親氣質非凡，老家的背景是京都老字號西陣織的老鋪。老鋪大小姐從小耳濡目染，舉止優雅，進退得宜，這點在夏希身上倒沒看到多少。所以老家在京都的西陣與北野區域還留有一些老町屋，隨著經濟轉型，西陣織的市場萎縮，想著想著，就想把閒置的町屋改成民宿再利用。

「莫非這是天意？」我心想，老天爺還真推了我一把，看來這第一步已經成形了。

「照片看起來不錯呀，維持得也很好。」說是個倉庫，原本也是間民宅，雖然藏在暗巷裡，但是那彎曲拐口的小路更體現出京都町家風情，除了有個中庭小院，連結鄰居的小路邊還有一口小井。別說民宿，我自己都想先住了。

「房子是大正年代的。有一陣子小舅舅也住過，所以也一直維護得很好。」小舅舅是小兒子，後來入贅到奈良的漬物老鋪做當家的。

這老町家屋對我接下來的人生安排有著很重要的角色，雖然我也還沒有完全想清楚要怎麼進行，只是想著如果再猶豫，那機會就會消失了。

「其實下個月，我打算把工作暫停一下，想到日本找個喜歡的地方住一陣子，同時把接下來的人生跟工作重新想清楚，也算是給自己放個長假。也許京都外婆的這老房子是個不錯的選擇。如果可以的話，先租給我兩三個月吧，同時我也可以幫忙看看怎麼改成民宿，給一些意見。」我一口氣把沒整理過的計畫全講完了。

「你……你要搬過來？」夏希先是愣了兩秒，然後對我忽然的計畫感到有點錯愕。

「怎麼日本人民不歡迎我嗎？三一一地震的時候，我可是也有捐錢喲。」我理解夏希的錯愕，趕緊開點玩笑，緩和一下氣氛。

「不是啦，只是……怎麼……這麼突然？」夏希有點緊張。

「我覺得我可能還不夠了解日本，應該重新深入地再次去認識。」我說得有點嚴肅，但是沒有把我想挽留婚姻的決心明示。

「怎麼會？我都覺得王桑比我還像日本人了。」夏希其實有點感受到我的真實想法了。

「怎麼不歡迎呀？怕我認識你的新男朋友嗎？」跟夏希鬥嘴是我最開心的事。

「你不要亂說！如果你要住，外婆最開心了。」的確，我這奶奶殺手，每次去京都看夏希的外婆，總是哄得外婆最開心。

「我會付房租的，只希望算便宜一點。」我理解夏希的尷尬，稍微轉了一下話題。

「大舅舅不會收你錢的，可能還會常常請你喝酒喲。」沒錯，他們全家跟我的關係都很好，連我們倆離婚的事，聽說都還引起他們開家庭會議。

「那太好了，我就住一輩子吧！」

「蛤？一……輩子？」夏希忽然分不太清楚我的玩笑跟正經話。

就這麼你來我往的鬥嘴，把移居京都的事情給確定了。

其實原本抱著不婚主義的我，會被騙進這婚姻的迷宮，就只是因為一碗該死的豆花，而且是好吃又該死的那種。

那天晚上，原本只是純粹跟幾個兄弟在永康街吃了碗豬油拌飯，想再來碗世界聞名的芒果冰收尾，但看著那八國聯軍的長列排隊，等到宵夜也有可能了。仍有食欲的我想起後巷還有間豆花店，拉著幾個兄弟就往後巷鑽。

店內除了三個大叔外，都是拿著旅遊手冊的年輕人。左邊有個「歐巴」，右邊那位對著服務員合手說「三碗豬腳」[9]，後面兩個大嗓門的直喊「這賊好吃的」。就忽然看到兩個有著ＯＬ裝扮的女士貌似與店員有點溝通困難。

「小王，台日友好，去幫忙一下。」善良的老鄭大哥跟我使了個眼神。老鄭自詡是鄭成功的後代，所以也是與日本有點血緣，連三一一日本地震都捐了不少。

我放下那剩半碗賊好吃的豆花走向櫃檯，兩位日劇般ＯＬ的女性貌似跟店員正在雞同鴨講。主講人短髮大眼，口中操著我要先喝半瓶威士忌才能聽懂的國語。可能是因為有點急了，她沒喝威士忌，臉也很紅，很可愛，也可能是因此才騙到沒喝威士忌的我。這是我第一次見到夏希。

「阿挪，我可以幫忙嗎？」我那居酒屋日文終於派上用場了。

北山時雨

きたやましぐれ

「啊，大丈夫、大丈夫，謝謝。」明明就搞不定，還不想麻煩別人，標準日本人。

我轉頭看了那還在拚命嘗試感應悠遊卡的店員。原來就只是因為台幣不足，悠遊卡刷不出的情況。平常要是發生在公車上的大媽，肯定理直氣壯地先把司機罵一頓，就看那兩個日本人頭都快敲到桌子了。

「刷我的吧。」我帥氣地把像是美國運通的黑卡交給店員，還特別用拇指遮住那悠遊卡上Q版台灣黑熊的圖案，耍帥也是要有技巧的。

「不用在意，我在日本也常受到你們的幫助。」話畢，我還帥氣地轉頭向老鄭大哥使了個眼神。

「真是不好意思，如果不介意的話……」夏希忽然拿出一張一千圓日幣的紙鈔交給了我。

以我的八字分量是從來都不相信什麼靈異事件的，奇妙的是，就在那零點二秒兩人手指觸碰的瞬間，我的腦海快速地浮現出誠品書局、九份夜景、馬爾地夫沙灘、日本花火節、教堂婚禮、搬新家、坐月子、換尿布、做便當、參加畢業典禮、主持婚禮、海邊看夕陽……一個濃縮半輩子的場景快速閃過。

驚嚇之餘，我縮退了手，看著夏希緩緩地從桌邊抬起頭。

「如果方便……可以交換LINE嗎？」我不知哪來的勇氣。

「當然、當然，我之後一定會還錢的。」加完了LINE，夏希的頭還是沒停地點。

「就是她了。」我心中嘀咕了一句。

然後我就像溫泉旅館的服務員一樣，站在豆花店的門口，一直看著她們的背影徐徐地消失在轉角。

「喂，小王，我們的單記得也埋一下。」被老鄭大哥一喊，才想起我那Q版台灣黑熊的悠遊卡還在店員那。

其實，不只是婚姻，世界上所有的事都不會自動去適應你，只有自己去適應這個世界。

7 獺祭二割三：日本著名清酒品牌。

8 北川景子：日本著名女演員，曾獲選為「世界百大美麗臉孔」，丈夫是Diago。

9 「三碗豬腳」：泰文「你好」的音譯。

北山時雨

きたやましぐれ

京町屋

我最喜歡京都的計程車了，哪怕是從車站出發，兩三千來塊，京都市區總都可以走透透。尤其這次向夏希外婆家借住的老町屋是在西陣和北野附近，算是比較傳統當地人的生活區域，沒有地鐵、也沒有觀光人潮的目的地，連大型購物中心都沒有。只有老鋪還是老鋪，連商店街也都沒帶雨棚的。

除了距離兩三個街口的北野天滿宮還算是排得上的景點，大概也只有上七軒這老花街偶爾出現幾個假藝妓，大白天撐個陽傘拍照還帶剪刀手的。其他巷弄到處都可聽到正統的京都腔對話。

車子經過了二條城，想起之前跟夏希來京都旅行的時光，又穿過了七本松通及幾間叫不出名字的神社，車子停在一條窄小的單向小路中，看似剩下的路程需要靠雙腳了。按照夏希給我的指路訊息，過了一間兩層樓的老診所，旁邊還有條小弄，進了小弄，會先看到一座以為是土地公的迷你神社（其實是地藏廟，在京都巷弄內很常見），旁邊還有口井，過井左拐到底的最後一扇寬木門就到了。夏希還特別畫了張小地圖給我，其中那口小井邊上特別畫了隻青蛙。我經過時，特地找了一下，青蛙雖沒見到，但在水溝邊發現了蚯蚓，老京都的巷弄生態還是很好的。

在這種老京都的巷弄內還真需要有這種地圖，每家人的房子在我們這種外國人來看，長得都一樣。繞過迷你神社時，我跟祂鞠了個躬，心中默念著「接下來還請多多指教」，雖沒帶上什麼供品，心中滿滿的誠意也是真誠。過了小神社，在巷尾就看到一扇還算寬的木門。果然，夏希的地圖比ＧＰＳ還有用。

「平野」，明顯刻在門柱上的石牌，這是夏希外公的姓氏。其實外婆跟我說了好多次他們家的歷史，但是我連唐宋元明清的順序都常常搞錯的人，怎麼可能記得，反正也就是那種百年老鋪傳承很多代。不過這種家族在京都，還真的是一個招牌砸下來，十個人有八個都是這樣的背景。

「有人在嗎？」我推開那有鎖跟沒鎖一樣的木門。

木門後，先是一個小前院，應該是以前停放貨物推車的地方，現在種了幾棵我叫不出名字的樹和石頭。可能是因為朝南的關係，有部分的枝葉都深入小巷裡了。院子裡還停了一輛似乎很久沒人騎的單車。的確，對京都人而言，有輛單車可能比雙Ｂ車更有用一點。

「不好意思，有人在嗎？」看似沒人應，我擅自拉開了木格柵前門，又喊了一聲。木門拉起來感覺有點歷史了，不過移動順滑，以前的工匠人手藝真是可以信賴的。

「嗨！請進！」我跨進玄關，聽到老房子後面傳來熟悉的聲音。

「不好意思，我在後面打掃，可能沒有聽見。」看見夏希迅速衝到玄關，就像昭和年代日劇裡的老婆跪在玄關前的木台階上，迎接剛下班的老公，同時還準備了拖鞋給我。雖然已經離婚了，但是我自己還是很進入劇情。

「一路辛苦了。」夏希起身從還在脫鞋子的我身旁，扛走了我那兩個大行李箱。

「哪裡，你在打掃可能比較辛苦吧。行李我自己來吧，很重的。」我試著奪回我的行李。

「怎麼可以讓客人自己拿行李，這樣我這民宿的實習女將[10]就失格了呀。」一腳才穿進拖鞋，就看著行李又被奪回去了。

「蛤？民宿又還沒開，你怎麼又變女將了？」看她吃力扛著我的行李，我還是扶了一把。

「才一陣子不見，好像有胖了一點喲。」聽我一說，夏希緊張地拉了拉外套，順勢想遮一下身材。

「看來是我們台灣料理不合你的口味，才回來就吃多了呀。」夏希完全沒理會我的玩笑，說得我自己都覺得好冷。

老町屋的玄關還算寬敞，典型日式「土間」[11]，一腳踩上那木造台階發出的摩擦聲，讓我想起小時候，南部鄉下老家的日式老屋，真的是有「回家」的感覺了。

踩上玄關的台階，左邊進去就是客廳，客廳有著朝南的落地窗，落地窗打開就回到了前院。想著夏天的時候，坐在小院前的緣側（檐廊）[12]吃著冰涼的西瓜，應該很舒服吧。

「王桑，請來一下。」夏希喊了我一聲，我才想起現在是冬天，沒有西瓜。打了個冷抖擻，趕快鑽回屋內。

客廳看起來有點大，大概有八、九張榻榻米大，不過除了中間放了個日式被爐——這在寒冷的京都冬天是很重要的——其他沒什麼家具。四方木格式的天花板造型看起來有些歲月了，四周拉門與天花板間還有著很精緻的木雕格柵。南面的玻璃門隔著一條大約一米寬的緣側就是前院。這一切跟我在電視劇裡看的都一樣。北面的拉門後還有間房，房的後面有個小院子。我想這間房應該就是要給我住的了。

「這間是臥房，被褥放在櫃子裡，都洗過了，如果有朋友來……」夏希就像我媽一樣，每件事都要一一交代。

「嗨，嗨。原來如此。嗨，嗨。」夏希看出我的敷衍，拉著我的手進了廚房。

這個廚房明顯沒什麼京都風，算是現代的規劃，應該就是當時小舅舅住的時候改過的吧，對我接下來的生活也應該算是便利。不過，原本期待有燒柴、燒乾草的灶台就落空了，還是演不出那日劇般的情節。

「接下來請你好好聽。」她邊說，邊打開冰箱。她知道只有吃的我可能比較有興趣。

「鍋子裡是我煮好的咖哩，是有加蘋果跟蜂蜜的，夠你吃上幾天。我還切了幾盒蘋果和梨，可以直接吃。還有草莓洗好了……」夏希的所有準備，就像我小時候，我媽要出國前深怕我會餓死所做的。

「嗨，嗨。」其實我是計畫到附近獵食的，這一來雖省了銀子，但樂趣也少了許多。

「還有奈良漬是小舅舅拿來的，而且是你喜歡的小西瓜。千枚漬[13]是外婆給的，還有櫃子裡的澤屋松本的捨破離純米大吟釀是大舅舅給你的。」光聽我口水就流了一地，想想晚上不會無聊了，除了好酒，連下酒菜都有了。

「好了、好了，先停一下。你一下子說那麼多，我肯定記不得的。」我試著阻止喋喋不休的夏希。

「我知道，所以已經都幫你寫下來了。」夏希指著桌上大約六、七張寫滿說明的紙張，而且文圖並茂，看來她對於我住進這町家的事真是花了很多時間跟心力。

「ＯＫ，ＯＫ，我晚上會慢慢看。但是我們可不可以先到附近走走？我想認識一下環境，順便也吃點東西吧。想到要來京都，飛機上的餐點我都捨不得吃。」不管怎麼說，我腦子想的還是吃的。

「對喔，忘了介紹環境。不過鄰居我都已經幫你打好招呼了，你只要記得見到人要鞠躬微笑喲。」怎麼講得好像我不懂禮貌似的。

在這樣傳統的京都居民區，如果沒有夏希幫我先打招呼，我看連失火了都沒人來救我。京都人的街坊鄰居關係大概是世界上最難理解的文化了。

你要說京都的街坊鄰居都是互相漠不關心，但是他們私下卻想盡辦法查出你的祖宗八代。好心鄰居敲門送上名店老鋪的和菓子，但仔細看都是臨近保鮮期的食品。對於外人（京都人認為除了京都在地人外，其他全世界的人都是外人），更是立馬建立起人際關係的柏林圍牆。夏希曾告誡我，到京都人家作客，絕不待到第二杯茶。當主人問起：「要不要再來杯茶呀？」那就是明確地在告訴你該走了，別不識相！

看來，我對日本人的理解如果要套在京都人身上，那這條路應該還遠著。

帶上木門，走出院外，夏希把那有鎖跟沒鎖一樣的大木門帶上後，在兩扇門頂凸出的端頭套上了個鐵絲環，看來應該是防止風大吹開的套環。

「走吧！」她瀟灑地背上黑色托特包，往巷口出發。

「蛤？門不鎖嗎？」我仍站在木門前，期待著有什麼最新科技的門禁系統展示。

「有呀，我套上鐵環啦！」夏希百分百純天然地回覆了我。

「這套環連貓都防不住吧！」我看著隔壁家牆上，剛好有隻貓正盯著我看。

「這房子我們住了快一百年，都是這樣呀。沒事的，走吧！」夏希拉著眼珠快掉下來的我，直往巷口走。

「這是德井家，但是只剩老婆婆一個人住了，而且最近好像都在醫院，我早上去打招呼也沒見到人。」夏希指著水井邊上的一戶人家說。

「這戶人家現在沒人住了，是小舅舅他高中同學，現在好像都搬到東京了。」她指著水井對面的一間大戶人家。院子的圍牆比較高，但是感覺有點時間沒人打理了。

「這是島田醫生的診所，人很好，只是話有點多。」夏希介紹的是巷口那家兩層樓的老診所。她還特別壓低了聲說，就像在說別人壞話一樣。

島田診所就剛好在巷口轉角，兩層樓的建築是這附近少數非木造的房子，門前的白牆，用聞的就知道是診所。白牆上的招牌也是頑固的白底黑字，相信晚上打的燈也是寂寞的日光燈，連診所名字也一定是自己的姓氏，典型驕傲的醫生自尊。其實這跟老張餛飩、小李涼麵有什麼不同？這樣的診所，我小時候在台北也見過不少，小學畢業後就沒看過醫生的我，對這樣的診所怎麼也親近不了，經過時都想趕快戴起口罩，小跑步疏散。

「午安，島田醫生。這是早上我跟你說的王桑，台灣來的，請多多指教。」夏希推開門，熟悉地問候，還拉著我一起打招呼。

「請多多……」我也跟著點頭鞠躬，只是果然話未停……

「啊，王桑呀！歡迎，歡迎。剛剛到呀？不好意思，我們這個鄉下小地方，有什麼需要，任何時間儘管吩咐。」島田醫生一連串的京都腔，如果用夏希的翻譯機來聽，這段話應該是：「小王呀，來了是嘛。沒見過我們偉大的京都吧。既然來了，沒事別來煩我，也別給我添麻煩！」這是我對京都了解的 Lesson One。

「他不僅話多，而且還很八卦，早上我還沒說什麼，他好像都打聽過了。你自己小心一點。」夏希拉著我快步離開診所，小聲告訴我。

走過兩個巷口，感覺背後還有島田先生在偷窺。這時身旁的路人多了，才發現到了商店街。

「這是我們當地的商店街，都是一些老鋪，沒有大型超市，也沒有什麼連鎖品牌店。這裡叫北野，是比較傳統的京都人居民區，也許島田先生講的是對的，我們這裡真是鄉下吧。」夏希邊說，自己邊笑了出來。

「從這裡往北再兩三個路口就是北野天滿宮了，應該算是這裡比較能稱為景區的吧，觀光客也比較多。往東一點是西陣，也就是外婆家。」

「這家是賣豆腐的，這是水果鋪，隔壁是精肉店……」夏希一家一家地幫我介紹。其實開一家大超市不就這些店都有了嗎？我暗自想了想。

「當地人不喜歡連鎖超市，幾年前還為了有超市想進駐，去市政府抗議。」夏希大概也理解我的不思議，馬上跟我解釋了一下。

「蛤？這也要抗議？難怪也沒看到連鎖速食店和咖啡廳，不愧是京都。」我開始覺得越來越了解京都了。

夏希帶著我停在巷口拐角一家料理店的門口，門簾上印著店名「田村」，旁邊有個小字「本家」，另外還註明「割烹料理」[14]，光看到這四個字，我就流口水了。有這種店名的大多是老公老婆店，夫妻兩個，老公在廚房，老婆接待客人。再加上擺滿吧檯小菜的「おばんざい」[15]料理，天天來都不會膩。

「這家是早上島田先生推薦的，說是附近比較好的餐飲店，食材新鮮，價格合理，店主也是出自名店修業背景的，王桑應該會喜歡。」夏希邊說邊看著手錶，像是有點急的樣子。

「太好了，我的京城第一餐就是這了，走吧！」說著興奮伸手就去抓了門把。

「但是……我想……我就送你到這，我先回大阪了！」夏希忽然退兩步，軟軟地說了兩句，感覺又像是在逃避些什麼。

「蛤？」我有點錯愕，但一時又想不起可以挽留的話。

「真是不好意思。房子我已經都介紹完了，如果還有不清楚的，我們再隨時電話聯絡吧。」夏希帶著飄浮的眼神，敷衍的語氣。聽得出她心裡可能也是亂糟糟，甚至怕我提出其他話題，所以急著選擇逃避。

「我們還沒講上話呢，你就又要回大阪？」其實京都到大阪電車也就半個多小時而已，她這麼急著走，心情也太明顯了。不過這也是她可愛的地方，誠實的表情、表裡如一的大阪人個性。但其實她也是半個京都人。

「大家那麼久不見，不請我喝兩杯嗎？是怕我喝垮你嗎？」為了緩和有點尷尬的氣氛，我試著裝點傻。可惜好像沒成功，瞬間溫度直逼冰點。

「你又不是不知道我不喝酒的。」的確，夏希不喝酒這事情我一直不理解，也不知道怎麼問，也許雙方的隔閡就是這樣開始的。

「那下次再聚吧。」她瞬間喊了剛好經過的一輛 Taxi。

我愣在巷口，看著 Taxi 的車尾燈消失在盡頭。

我第一次這麼討厭京都的 Taxi。

其實我自己也想不通怎麼最後會跟夏希結婚。我從年輕時求學到就業，輾轉歐洲、美洲甚至大陸，一直過著很瀟灑的單身生活。看著周遭幾個大哥失婚，甚至是有結跟沒結一樣的婚姻，更別說還有那煩人的小孩，讓我慶幸自己堅持想法……結果人算不如被暗算，我最終也是走進凡人設下的圈套，而且也加入了離婚的行列。

不過對於這麼快就放棄婚姻的夏希，我還真的不是很能理解。結婚以來，我處處體諒、包容，就怕她隻身嫁到台灣會不適應。然而最不適應婚姻的應該是我吧，但我也還是咬著毛巾撐了過來。

你說離婚前，難道沒有徵兆嗎？沒有彌補的機會嗎？要怪也只能說可能是語言的隔閡，還有就是我的嘴巴不夠甜。男人要是嘴夠甜，仙女也會為了你下凡。

北山時雨

きたやましぐれ

有時候你沒問，肯定也無人會回答。這樣的情況是無法互相理解的，雙方只會越走越遠。

10 女將：日本傳統旅館的女性負責人，通常也是女老闆娘。後來經常被人使用在其他營業場所，如餐廳。

11 土間：通常形容日本老町屋室內，但其地面仍保留戶外般的泥地或三合土。

12 緣側（えんがわ）：房子連接庭院廊道的一個空間。

13 奈良漬：奈良著名的漬菜，其原料有胡瓜，小玉西瓜等。美味特殊，在日本漬菜裡算是比較高級的產品。千枚漬：京都當地著名漬菜，原料是白蘿蔔，切以薄片再鹽漬，以聖護院產的蘿蔔最著名。

14 割烹料理：字面解釋為宰割烹煮，但現在在日本店家標榜自己以烹飪料理為主要特色，同時也區別其他主題料理，如壽司、燒肉等等。

15 おばんざい：字面解釋是指家常菜，但很多店家喜歡將一些預製的前菜放在吧檯上，供顧客選擇，此模式亦被稱為「おばんざい料理」。

北山時雨

きたやましぐれ

小割烹

收拾一下心情，看來京都的第一餐一定要好好放縱一下。

「おこしやす（歡迎光臨）。」[16]我才拉開木門，就聽到女將一句溫柔帶點鼻音的京都腔。

其實號稱的日本三大美女，像秋田美人，我可以理解因為是北方，高䠷的身材加上白皙的皮膚，的確是經典的美人胚子。再來的博多美人是指以九州福岡為中心的博多女性，這裡自古就是海外貿易中心，人民思想開放且時尚，加上南方人輪廓明顯，在日本排得上名的女演員，很大一部分都是福岡人，像黑木瞳、吉瀨美智子、蒼井優，以及經常被稱為日本最美臉孔的今田美櫻，全都是福岡出身，而且都是我的菜。但是提到京美人，我一時也想不起有什麼代表性人物，不過那帶點鼻音的溫柔京都腔，的確把我喊得酥麻酥麻，只能說京美人靠的是氣質和內在。

雖然還沒看到人，光聽到那句歡迎光臨，我已經覺得這家餐廳沒錯了。沒想到京都腔也可以成為下酒菜。

「不好意思，我只有一位，而且沒有訂位，可以嗎？」以前經常聽夏希說京都的餐廳不太喜歡外地人或生客，明明有位子，也不願意給沒見過的客人。帶著忐忑的心情問了一句。

「嗨。吧檯的位子可以嗎？」可能是還沒到飯點，我是今晚第一個客人，環顧了一下餐廳，緩緩地坐在吧檯的邊上。

餐廳不大，除了吧檯的七、八個座位，另外還有四張桌子。不過這種夫妻店還真不能太大，不然照顧不到所有客人。店內裝修得還算乾淨、整齊，沒有太多裝飾物，不像一般稍有點名氣的店，總喜歡把來過的名人簽名貼在牆上，或是用上所有酒商的免費宣傳品來裝飾，這家店倒是清清爽爽，乾乾淨淨。看來店家是比較有自信的，希望靠口味跟服務留住客人。對今晚開始有點興奮的期待了。

「不好意思，我們還在準備，請先喝點熱茶吧。」女將熟悉地遞上一杯熱茶與熱毛巾。

看著女將遞上茶的手，纖細的手指帶著些皺紋，可以感受到似乎是有點年紀，但是薄薄的淡妝搭配著那京風氣質的微笑卻讓我猜不出她的年紀。

「今天有點冷喲。請問客人是從哪裡來的？」女將一邊幫我準備餐具，一邊親切地跟我寒暄。

我可以理解這應該是專業的服務寒暄，但是一下子就把我是外地人給看穿了，嚇得我被茶燙了一口。

「嗯，是有點冷。我從台灣來的，所以感覺更冷了。」我想不坦白也不行了，看來我的日文還是有段距離。

「台灣啊，每次我們有災害，都是你們熱情地幫助我們呀！太感謝台灣人了。」女將一聽到台灣，馬上慎重地站直了腰，還加上個鞠躬。

「也沒什麼，大家互相啦。」嘴裡說著沒什麼，但是在日本每次被問到是哪裡人時，大概是我人生最光榮的時刻了，身為台灣人真好。

「要不要先喝點什麼呢？」女將忽然打斷還沉迷於光榮台灣人妄想中的我。

「嗯，麻煩先來杯啤酒吧。」我收起驕傲的笑容，認真點了杯啤酒。

對啤酒有著超高標準的我，在日本餐廳裡，經常以有沒有「Yebisu 惠比壽」啤酒來定義是不是一間好餐廳。如果地點偏遠、沒有經銷商的，那「Sapporo 札幌」啤酒也還能接受，畢竟這兩個品牌是同一家公司的。再沒有的話，那「Asahi Super Dry」應該是最低限度。這是我的 Top 3，除非是被請客、沒有選擇權，那也就當喉嚨借過一下，忽略它。

但是前一陣子，我在京都卻完全被顛覆了這個觀點。那是在一家位於郊區老鋪的溫泉旅館，請幾個朋友泡完湯，晚宴前想先來點啤酒，問完女將我的 Top 3 都沒有時，我感覺面子都丟光了，

「那你們有什麼啤酒呢？」我有點氣急敗壞地問。

「我們有三多利。」女將徐徐地回答，還帶著有點驕傲的鼻音。

啊！最不願發生的事來了。我的頭像被寺廟的鐘撞了一下。

「那麻煩先來吧。」我假裝沒聽見，含糊地回應了一下。

「來來來，乾乾乾！」上酒時，我極力製造氣氛，就深怕那群兄弟問起啤酒名。

「唔，這是什麼酒？這也太好喝了吧！」不僅是我，所有客人不是為了客套，前後絕讚不停，同時大家把眼光移向一旁的女將。

「嗯，這是用京都湧水製的啤酒。而且是京都限定。」那熟悉又高傲的鼻音又出現了。

「蛤？這就是傳說中的京都湧水嗎？」我停了兩秒，又是一大口入喉。甘甜柔順，入喉後的回甘卻餘韻長繞。沒想到單純的地下湧水可以把啤酒帶到這個層次。自那次起，我對京都所有的液體都帶著崇高的敬意。

「如果可以的話，請試試這瓶啤酒。這是我們當地製造的啤酒，叫『京都麥酒』，應該很適合客人您。」女將帶點羞澀地介紹這款酒。

「哇！京都當地啤酒，這肯定好喝！」經過上次的教訓，我對京都啤酒都有著特別的尊敬。

上酒的同時，女將也附上了一小碟小菜，在日本稱為「お通し」，有點強迫中獎的小菜，這在居酒屋裡很常見，也就是找個名義收點小錢，有點像我們的服務費。這種小菜通常也不太指望有什麼驚喜，比較多是昨夜的剩菜讓料理長再妙手回春一番，變個花樣送上來，不過開胃下酒的功能少不了它。

深色小粗陶碟裡，放著幾絲泛白的魚皮，典型居酒屋的小菜，無功無過。我對魚皮也沒啥講究，別跟我的京都麥酒搶鋒頭倒是真的。

上完小菜，女將又走回吧檯內繼續她的準備工作，吧檯上也沒見到預先準備的前菜，看來這是一家沒有菜單的料理店。不過，吧檯側邊兩塊不是很起眼的黑板倒是寫了不少菜名。沒錯的話，這家店應該都是老客人，不然就是對自己的料理很有自信。

我帶點興奮又好奇的心情，一直環顧店內，想著接下來該如何展開我的京都第一餐，補了一口啤酒，夾了幾絲魚皮入口。

喔！這是什麼味道？跟想像的完全不同！一般料理店對魚皮的處理，大多以柚子醋再帶點辣蘿蔔泥的方式，如此比較能壓制魚腥味，又能配合Ｑ彈的口感。然而我這一口感受到的卻是果香的微酸口感，雖說清爽，但也能跟魚皮和平共處。這是我人生第一次吃到這麼普通又很驚豔的涼拌魚皮。

「小菜還合您胃口吧？」女將似乎有點擔心我這外國人能不能接受。

「很特別，是不是用白葡萄酒及青檸檬拌漬的？那果香和魚皮很搭呢！後面帶點微苦應該是青檸皮吧。第一次吃到這麼特別的。」一不小心把小小的幾絲魚皮說得跟滿漢大餐一樣。

「客人喜歡真是太好了！不過您也真是美食家呀，料理細節全部被您說中了。」女將也許是客套地回應，不過看似也真被我的講評嚇了一跳。

「不過這真的不像京風呀。」我帶點開玩笑地說。

「是呀，我們家的料理經常是傳統京都與西洋料理的碰撞，所以對於生客，我們都很擔心。」女將邊解釋，邊看了廚房一眼，似乎廚房也有著一雙眼睛在觀察客人。

一道驚豔的小菜激起了我的食欲，看著牆上黑板寫滿一堆我看不懂的片假名菜名，忽然在其中發現「牡蠣」兩字。我想著兩個漢字應該不會錯吧。

「不好意思，我可以要一份牡蠣嗎？另外有推薦的清酒嗎？」我指著黑板，向女將發出了新的挑戰帖。

「牡蠣嗎？好的。這牡蠣是今天早上才到的，是久美浜牡蠣，在丹後半島，也算是京都，不過是在日本海那面，還是有點距離的。喔，不好意思，因為是我老家，一不小心介紹了一堆。」女將講得自己都笑了。

「丹後半島，這很有名呀，京都的食材寶庫。」我講得好像自己去過一樣，其實都是旅遊書上寫的。

「客人，您真的很了解呀，不愧是美食家。」女將邊說，邊從冰箱拿了一大瓶酒出來。

一開始被稱讚得有點開心，但是想到京都人的語言文化，用島田先生的翻譯機來聽好像是：「不懂就別在那邊裝懂，一看你就是沒去過的樣子。」馬上收起姿態正坐，想想還是慎言一點好。

「這瓶是『彌榮鶴—旭藏舞—純米酒』（弥栄鶴　旭蔵舞），也是我們丹後的酒，可以嗎？」女將又推薦了一瓶老家的酒，這會我連屁都不敢放了，只是頻頻點頭。

女將緩緩將酒倒入一個高腳葡萄酒杯，這種清酒的喝法其實已經很普遍了，只是在京都，尤其只是一家在傳統居民區的料理店也這麼服務，我倒是很吃驚。

女將倒完酒後，把酒瓶拿到我面前，說是讓我看一下，但是感覺是想聽我的意見。為了不再出糗，我把酒瓶擱在邊上就像危險物品似的，趕緊拿起酒杯先抿了一口。

喔！濃醇米香，柔順入口，那細膩口感的層次緩緩浮現，入喉後，酒香回溢。我鬆開了鼻孔，酒香一氣呵成，回甘徐徐不散。這酒也太夢幻了吧。

飲畢後，我難得地無語，只是酒香仍在口內，捨不得開口。

「客人，不知這酒合您胃口嗎？我們鄉下酒可能比較粗糙，真不好意思。」女將說著，自己也笑了。但是我的翻譯機聽來應該是：「如何？你們外國人只懂得那些名牌摻水的大吟釀，這個才是真正的日本酒呀。」

我趕緊拿起酒瓶，仔細看了一下。

「純米酒，精米步合[17]：60%……」這麼簡單的酒嗎？

「酒米：旭」，這、這……不是傳說中的夢幻酒米嗎？

喝遍大江南北的我，的確那些名牌大吟釀我都沒少喝過，對於知名的酒米像山田錦、雄町、五百萬石……我如數家珍。但是這個「旭」的酒米，我真的只有在書裡見過。雖然聽說它的確是源自京都，但是栽植困難，容易病蟲害，在這商業為主的世道裡，種植的人越來越少了。今天有幸親嚐，不虛此行。

我收起驚訝的態度，雙腳併攏、兩肩平撐，目視女將，恭敬地鞠躬：「這真是個好酒。」我打從心底開始尊敬這家店了。

「客人喜歡真是太好了。」女將也回了我一個京都專利註冊的勝利微笑。翻譯機說：

「鄉下人，你們開眼界了吧？」

就在我還沉迷在那夢幻酒米所釀造出的美酒時，女將已端出了兩顆大牡蠣，擺到我面前。

「這就是我老家來的久美浜牡蠣，希望客人會喜歡。」看得出女將對自家的料理很有自信。

兩顆接近拳頭大的牡蠣，看似沒什麼特別的料理方式。我嚐了第一顆，肥大的牡蠣，上面有些辣蘿蔔泥，還淋上一些柚子醋，典型的吃法，不過食材的鮮美的確值得女將自信。

整顆下肚，又抿了一口純米酒，美味的搭配，這樣的滿足感讓我對於京都的第一餐開始充滿信心，不小心連夏希的事也忘了。

「請問客人是來京都觀光的嗎？我們怎麼有這個榮幸，讓您光顧我們小店？」女將開始跟我搭話了，緊張的我反覆思考又來回翻譯了幾次，就怕沒聽懂京都人的真話。

「我是今天剛搬來附近的，剛好鄰居介紹我來這家店。」也不敢說太多，我想她也不見得想知道。

「欸？該不會是島田先生的鄰居吧？前兩天才聽他說他會有個新鄰居，是從台灣來的。」女將說著也笑了出來。

真不愧是我們廣播電台兼包打聽島田先生，不知道他還說了些什麼，看來接下來的日子要更小心了。

「是呀。來打擾你們了，真不好意思。」我開始也會點京都的官腔了。

話停了，但手沒停，馬上夾起第二顆牡蠣。這顆少了蘿蔔泥，只放兩絲青檸皮，看來是走清淡路線，這肯定對牡蠣的鮮度是很有自信的。整顆入嘴，又帶了口酒……咦？完全想像不到的口感。雖清淡，但也無腥味，柔潤口感應該是用橄欖油吧，這也太不京風了，簡直是歐風。

「這該不會是用橄欖油跟白葡萄酒調配的醬汁吧？雖說是京都牡蠣，但吃起來比較像西餐。」我驚訝地對著女將毫不隱瞞地說出我的感受。

「客人真是美食家呀，一點細節都瞞不住您。」邊說，女將邊又露出那京都註冊商標的微笑。

「我們家那小孩做的菜經常被客人說是穿和服的老外，希望您不要見怪。」女將邊說還指了一下廚房，瞬間原本好像有雙在偷窺的眼睛又躲了回去。

不過，女將怎麼用「小孩」形容廚師？那廚師不是她老公嗎？老公管做飯，老婆管服務，這不是典型的夫妻店嗎？還是女將管老公叫「小孩」？這也太恩愛了吧！我開始有點昏頭了。

腦海裡開始浮現穿著和服的老外，同時我望著小黑板，開始醞釀著下一波的攻擊，這時門外開始有新的客人進來了。

北山時雨

きたやましぐれ

京都不是日本，京都就是京都。

16おこしやす：在京都甚至關西地區，旅館、飲食店常用的「歡迎光臨」詞。

17精米步合：指製作清酒時，先將原來的玄米，磨掉外層的比例。要成為「大吟釀」級別的清酒，必須磨掉超過50%才能被稱其名。

島田先生

「おこしやす……啊，島田先生。才剛說到您呢。」女將熟悉地應對，但手中的工作也沒停，看來與島田先生相當熟識。

「我們台灣來的貴客來了，我怎麼可以不露個臉？」島田先生好客地熱情搭話，但是我的翻譯機怎麼聽都像是：「我就是來看你這鄉下小夥子來了沒。」

島田先生脫下羽絨衣，上身是件呢棉的長袖花格子襯衫，配上八〇年代的西裝褲，還頂了個毛呢的爵士帽來遮他微禿的頭頂，怎麼看都不像是飯後出來散步，說是出來偷腥的可能比較像。

「怎麼樣？王桑，見到我們北野第一美女了吧？以前想見她的人，排隊都可以排到天滿宮了。」島田先生順手拍著我的肩膀，同時也自動地拉了我身旁的椅子坐下來。

「你還沒喝，就開始亂說了呀。」女將邊說，邊熟悉地從酒架上拿了瓶寄存燒酒。

「千秋醬（ちあき，Chiaki），老樣子，麻煩了捏！」島田先生帶點撒嬌的語氣以及一個「不蘇湖」的大叔笑容。看得出兩人的關係應該很久了。

不過被島田先生這麼一說，我也偷偷打量了一下女將。雖然個子不高，但是那精緻嬌小的臉蛋，的確是看不出年紀，尤其盤上頭髮後，清楚地看到那白皙的膚色，淺淺的淡妝，深色帶花紋的和服，這應該就是他們說的京美人吧。

「怎麼今天太太給你零用錢了呀？」女將用熟人玩笑的口吻逗了島田先生，同時還不忘向廚房使了個眼神，看來廚房也很了解這老客人的「老樣子」。

「我今天可是在幫京都市人民做國民外交，歡迎我們台灣好朋友呀。」島田先生邊說，邊倒了兩杯燒酒，看似今晚一場酒戰是避免不了的。

「喔，那今晚的帳單記得跟門川桑（京都市市長）報銷嘍。」女將毫不給島田先生留面子地吐槽回去。

「台灣帥哥，我跟你說。」島田先生抿了一大口燒酒，勾著我的脖子，開始講故事了。

「這家店的店名叫『田村』，這名字在我們京都的料理界可是無人不知、無人不曉，不然怎麼可能娶得到我們北野第一大美女呀。」島田先生的口氣是誇張的，但是眼神卻是真誠的，這故事我已經開始聽進去了。

原來「田村」的確是京都有名的料理百年老店，這故事好像我在NHK看過有紀錄片介紹。而面前的女將千秋桑一開始是在店裡工作的員工，高中剛畢業，從京都丹後鄉下來到市區名店學習。但是那出眾的氣質及美貌馬上吸引到了小少東，當然也完全按照連續劇的劇本一樣，男方的家長極力反對，最後兩人還私奔到神戶打工謀生，後來存夠錢了，才回到家鄉開店，當然也很難破冰，回老家繼承了。其實這樣的劇情，一年在日本的連續劇會出現七、八次，我雖然沒有很驚訝，但是也聽得津津有味，尤其是來自島田先生那誇張的語氣，比說書的還出眾，真是被醫生耽誤的說書人呀。

「原來如此，真不愧是田村。」我敷衍地拍了馬屁，同時也敬了島田先生一杯。

「這還沒結束……」島田先生自己又抿了一口，同時抓緊我的手，接下去說得更激動了。

「田村兄不僅出身名門，而且流的是我們京都人超級毅力的血統。他憑著自己的努力，一開始在神戶嶄露頭角，雖然不是自己的店，但也是獲獎無數，不僅是京都料理，連法國料理都很成功，把我們京都人創新的才能都表現出來了。」島田先生越講越激動，說得好像是自己一樣。

「法國料理？」我開始對剛才的菜餚有些理解了。

「是呀，當初田村兄是在神戶一家有名的法式餐廳幫忙。因為發生私奔這樣的事，家裡都跟他斷絕了關係，以田村家的名聲跟勢力，當時其他日本料理店都不敢聘用他，就怕得罪田村家。好不容易靠著他以前認識的前輩，才輾轉找到工作。不過他的京風法式料理，當時可真颳起一場旋風，還幫店裡拿到米其林一星的榮耀。真不愧是我們京都人。」怎麼聽起來像是在誇他自己一樣。

「嗯，然後呢？」我已經上癮了。

「這個嘛……」他鬆開我的手，又抿了一大口。

「嗯，嗯，然後呢？」我急了，幫他又倒滿杯。

「好不容易也存夠了錢，還把優秀的女兒送到國外讀書，一切都很順利完美。幾年前回到北野，開了這家店，準備夫妻兩個好好享受剩下的人生，沒想到……」島田先生放下杯子，用筷子夾了一塊女將剛剛端上來的「老樣子」。

「你也吃一塊吧。」島田先生把菜推到我面前，比了比。

「嗯，然後呢？」我有點失去耐心了。

「咦，是燉牛舌嗎？應該是用紅酒燉出來的。」雖然心裡急著想聽故事，但是舌頭卻誠實地表現出美味的反應。

「沒帶澀味，還有很好的酸度，用這樣的紅酒燉出的牛舌更是美味，中間還放了些白味噌提味吧，真不愧是法式和風料理。」聽了剛才的故事，連我評價美食都有米其林風了。

「王桑真不愧是美食家，不知道王桑可以吃出這是用哪裡的紅酒做的燉牛舌嗎？」女將千秋桑趁機岔開話題。

「不澀，還帶些微酸，莫非這是千秋桑家鄉丹後的美酒？」其實我只是順著毛刷，猜應該是這個答案。

「哇！今晚我全部敗給王桑了。」千秋桑笑著幫我們兩位又倒滿酒。

「島田桑，後來呢？」這會換我抓緊島田先生的手了。

「後來？我剛說到哪了？」才補口酒，又夾了塊肉。

「沒想到……」我瞬間反應。

「蛤？沒想到？沒想到什麼？」島田先生好似喝多了。

「你說到『準備夫妻兩個好好享受剩下的人生，沒想到……』」我一字不漏地提醒他。

「對對對！好不容易辛苦了大半輩子，終於開出了屬於自己的店，我們大家也都非常認可，女兒學的也是料理，畢業後在法國巴黎找到名店的工作……未來可期待這完美的家庭應該可以過上幸福的日子。沒想到，沒想到，好日子沒過上幾年，田村兄忽然在廚房跌倒，腦出血，沒撐過幾個月就過世了。這大事不僅把他們的幸福日子給搞亂，也讓我們這些支持的客人嚇壞了。」島田先生看了女將一眼，又補口酒。

「才辦完告別式，更沒想到的是，本來千秋醬想把店收了，自己回老家丹後幫父母種水果，可是春奈醬（はるな，Haruna）居然把巴黎的工作辭掉了，回來說想繼承這家店。我說現在這些年輕人呀……」島田先生低聲嘀咕了幾句。

「春奈醬？那我剛吃的……」我瞬間還沒釐清劇情的最新發展，忽然隱約感覺有人站在我的身邊。

「請嚐嚐這份料理。」一位穿著西式料理廚師衣的美少女，面略顯不悅，或者說是一種強烈自尊心遭受威脅後流露的面孔，手裡端著一盤煎餃，站在我的面前。

「春奈醬，注意禮貌，王桑是客人。」千秋桑試著想阻止。

「哇，出現了！」島田先生像是三個月沒繳房租的房客碰到了房東一樣，悄悄地轉身避開春奈醬的目光。

我的視線從那三顆還冒著煙的煎餃，慢慢轉移到冷酷無笑容的美少女廚師。感覺上她端著餃子的手有點抖，看得我拿筷子的手也跟著抖。看得出那稚嫩的臉孔應該也就二十出頭吧，不過，手指、手背上眾多的小刀疤及燙疤比刺青精采，看得出歷練的苦沒少吃。但自信的眼神還是抑制不住手抖。

她看著我緩緩夾起一顆煎餃，又向盤邊的調料小碟使了眼神，意思應該是要我蘸著吃。七分焦的餃子皮透出些綠色，以我已經連闖七關的經驗告訴我，這肯定是放了京都最知名的九條蔥；透明清澄的調料碟，沒意外的話，也應該是哪家百年老店的白醋。這樣的組合，打著京都煎餃的名號也應該是無敵了。雖然煎餃源自中國，但是在日本也有其美食的特殊地位，尤其在京都，更是被忽略的美食。很多人都不知道，日本知名的連鎖煎餃店「王將」就是源自京都。

腦海裡分析完後，蘸了些調料，半顆入口，我瞬間僵住了。不是被燙到了，而是那口感完全出乎意料之外，除了那明顯的九條蔥外，其他的組合完全顛覆了我的美食思維。

不過哥也不是紙糊的。在剩下的一半入口後，緩緩放下抖了許久的筷子，補了一口酒，再頓個兩秒整理一下心情。

「的確是非常特別的口感，京都名品九條蔥配上黑胡椒雞胸肉打成的肉泥，整體口感有衝擊力，但卻不失均衡。隔餃皮蘸的松露油汁，將整個口感及味道更提升了一個層次，創新的料理搭配，完美。」我二十八點五秒一氣呵成地完成評論，對自己也感到很滿意。當然，美食的經驗更是個大驚奇，應該是本晚最讓我驚豔的一道菜了。

聽完我這完美米其林級的評價後，沒想到美少女小廚竟丟下那剩下的兩顆煎餃，頭也不回地奔回廚房。

蛤？是我的評價不好嗎？還是她還有碗沒洗？我被她的行為嚇住了，只見千秋桑站在吧檯後，一直笑個不停。

「那孩子今天應該是完敗了。」原來女將千秋桑口中一直說的「孩子」，真是她的女兒——春奈醬。

「真不愧是我們台灣來的美食家，居然把我們可愛的春奈醬說得完全無語。」島田先生對於我的表現貌似非常驚嚇，說完又抿了一大口酒。

「我也從來沒見過我們家春奈醬氣成這樣。王桑，小孩子不懂事，還請多多包涵。」千秋桑邊說邊笑，同時又幫我補滿了酒。

「剛才我可能說錯了些什麼，真是不好意思。」實在完全搞不清楚什麼狀況，我只是一直道歉、鞠躬，倒是島田先生和千秋桑一直笑個沒停。

北山時雨

きたやましぐれ

「王桑呀，春奈醬接手這餐廳後，她的手藝，大家都讚不絕口。只是雖然好吃，但是那種又西、又日式的料理法，大家都看不懂，也給不了太多評價。而你今天把她的料理各個擊破，不知道她是惱羞成怒地完敗，還是棋逢對手，恐懼地逃跑。無論如何，這可是我們北野的大新聞呀！」看來我們島田廣播電台又有活幹了。

今晚，田村家的傳奇故事配上春奈醬的妙手美食，當然還不能忘記島田先生說書的功力，把我這次京都 Long Stay 的初夜料理得多采又美味。面對接下來的日子，我有著更多的期待了。

其實每個人都有一些刻骨銘心的經歷。如果沒有，那只是沒說出來而已。

北山時雨

きたやましぐれ

京・阿蘭

朝南的客廳果然是溫暖的，沒想到這次來京都的初夜，竟然連枕頭都沒躺到，就睡在客廳裡了。只能說昨晚的燒酒太烈了，還是我興奮過度，喝上了頭？暖暖的冬陽照在我的屁股上，告訴我也該起來了。先燒了壺開水，想先來杯咖啡解宿醉。坐在客廳院前的緣側等著水開，睜不開的眼對著太陽還是舒服，微微刺痛，但就捨不得移開。一片雲飄過，微微刺痛就轉變成了暖撫，一會雲又飄開了，這時連鼻頭都覺得溫暖了。院子裡的味道被這一暖一熱的切換變得很好入鼻，說不出的感覺，但就有點像早上的味噌湯。瞬時，很多過去味噌湯的場景慢慢又浮現腦中。

的確，光是想到的味噌湯，我都可以寫成兩本書了。不過夏希煮的味噌湯堪稱一絕，不知道是師承她母親，還是外婆？也說不上是京風，但是會在湯裡放些黃瓜絲的確是少見，夏希說是能讓湯頭變得比較清爽，這聽起來的確是有像京都風。但是先炒微焦的洋蔥當湯底又是怎麼回事？每當我問起時，夏希都笑著說是神戶風。不管是什麼風，好喝倒是真的，不過這也是一直在我心中的世界十大未解之謎。

夏希的未解之謎真不少。其實我認識的日本人也不少，從北海道到沖繩都有，還有什麼特別的文化沒見識過？像是一般日本人每次吃飯要動筷前，都是說：「いただきます。」主要的意思是「我接受了您（食物）的饋贈，感謝您」。不過夏希總是會再小小聲地重複一次「いただきます」。也許是他們家特別的習慣吧，但是跟她雙親用餐時也沒見過。這事絕對是十大未解之謎 No.1。

喝著有著味噌湯感覺的京都湧水咖啡，忽然覺得好像屋裡有雙眼一直在盯著自己的背後，原本就已經很寂涼的老屋，這時的涼意已經竄到脖子上了。忽然間所有驚悚的日劇場景塞滿了腦海，即使擁有相撲橫綱級八字的我也開始懷疑人生了。「莫非……這還是間凶宅？」

其實有這樣的想法也不奇怪，京都歷史千百年，而且這老屋離二條城不遠，也算是典型的城下町[18]區域。這麼多年來，肯定經歷了不少打打殺殺，就算留下一些死不甘心的幽靈也不足為奇了。

硬八字的我對此從來不曾膽怯過，甚至有時還帶點好奇，抱著緬懷先烈的心情，同時也有著八卦的求知欲，很想知道發生過什麼事。瞬間織田信長附身般的我，開始在屋裡搜尋線索。

首先展開調查的一定是屋內的梁與柱，百年老屋即使改變過內飾裝修，唯有梁柱不動如山。看過日本介紹古宅的節目，總是可以在梁柱上發現一些武士刀砍過的痕跡。搞不好還可以讓我發現一些明治維新的史蹟？我開始墊上椅子，爬上屋梁。

屋梁上有點黑，我打開手機的手電筒，環顧四周。多年未清的塵埃沾滿了我的衛衣，雖算不上乾淨，但也絲毫沒發現什麼刀痕。忽然間，我的手電筒掃過一雙小燈泡般的圓球，驚嚇之餘，我差點從椅子跌了下去。

我回到地面，望回那小燈泡的角落——小燈泡消失了。莫非那小燈泡就是盯了我一整晚的雙眼？我開始懷疑自己的八字了。

回神後，先喝了口咖啡壓壓驚，少許「貞子」般的景象開始在腦海浮現。這時我忽然好奇地想著：為什麼在日本，出現在電視、電影中的幽魂，十個有八個是女的？難道女性都死得比較不甘心嗎？還是男人才是死有餘辜？開始鑽著牛角尖的我又補了一口咖啡。

一口壯膽咖啡入喉後，我再度爬上屋梁，有點期待，又有點害怕。我瞇著眼，用手機的手電筒環照了一周，除了揚起的灰塵，似乎啥都沒有。帶點安心又小失望的心情下到地面，抖了抖衣袖上的灰塵，忽然發現緣側門邊蹲著一隻貓。

一隻花色的貓。

「莫非這就是剛才那對小燈泡？」

我刻意地降緩動作，就怕把她嚇跑。不過她倒是一動也不動，而且持續地盯著我看。

「喵~喵~」我像傻瓜一樣發出貓叫，試著想逗逗她。但是小花貓依舊不動如山地看著我。

「小花，過來，過來。」我從桌上拿了一塊本來要當早餐配粥的鰤魚味噌漬，試著誘惑她。

小花貓依舊不動地盯著我，還露出有點不屑的神態。真不愧是京都貓，如此地高傲。

忽然想起這隻花貓應該是昨天離開大門時看到的，隔壁家牆上的那隻花貓。不過看她還滿有氣質的，不太像是野貓。想想可能是不知道哪個鄰居養的，偷偷跑出來覓食。

「小花，花花，喵喵，咪咪，小咪……」我大概試了十多個名字，中文、英文、日文，甚至還有兩個法文名，她仍然沒有理會我。就在我快要放棄時，忽然像中邪似的喊出了一個前女友的名字：

「阿蘭……」

咦？小花貓忽然向我移了兩步。

這是被我矇中了嗎？還是她只是想吃了？

「阿蘭，過來，過來。」小花貓又停止不動了。

忽然心想，雖然叫對了名字，但畢竟是在京都，喊她過來也應該是用日文吧，甚至還應該帶點京都腔。

「阿蘭，こっちへ（過來這裡）。」我略帶點仿京都腔的鼻音。

果然，阿蘭開始向我移動了。首先，她採取了進三退二的進攻方式，似乎對我還沒鬆懈警戒。我抖著抖著鰤魚味噌漬，手有點累了，把鰤魚放在一個小醬油碟裡，朝她輕輕地推了過去。這動作似乎又驚嚇到她，瞬間又變成進二退三的攻略。

這時我決定採取木頭人戰略，敵不動、我不動。可是過了約三十秒，阿蘭仍然不動，果然她木頭人的功力是高過我的。

開始有點想放棄的我走回廚房又補了半杯咖啡，才回頭就看到那鰤魚味噌漬已經被阿蘭啃了快一半。我緩緩蹲回阿蘭的身邊，靜靜地看著她享受我的味噌漬。

這回阿蘭沒有再後退了，只是靜靜地把鰤魚味噌漬吃完，然後就開始清潔她的雙爪。我大膽地緩緩伸出手，慢慢地，慢慢地，直到摸到她的頭、她的脖，阿蘭沒有抗拒。看她清理完自己的爪時，順勢開始舔我的手指，沒有被貓舔過的我竟然覺得滿開心的，還不自主地自動翻面讓她舔。這樣的互動一直持續著，直到我的咖啡都冷了。

貓這個生物真的很奇妙，應該都是哲學家，而且智商很高。相信在牠們的世界裡，一定有著牠們自己的語言、文化及哲學，只是牠們知道自己沒有我們人類強壯，打不贏我們，只好讓我們飼養。或者其實是牠們太聰明了，不想努力，所以選擇躺平，順便賣賣萌，就有一群笨人類搶著包養。

相比之下，狗就不一樣了。大家都說狗聰明，可是以前當兵時我養的那隻小白，每次一跟我對上眼，我可以清楚地讀出牠臉上的表情在說：「笨主人，快點給我弄點吃的來。」但是貓就不同，牠會先觀察你、打量你、試探你，甚至調戲你之後，你就乖乖地送上大餐。

北山時雨

きたやましぐれ

這世界上講「忠犬」的故事很多，但是稱讚聰明貓的說法好像沒啥聽說。也許真的是牠們太聰明了，不想被我們人類看穿，裝傻賣萌地躲在角落裡，看著我們人類，心想：「總有一天你們滅亡了，就是我們貓的天下了。」

其實之前夏希也跟我提過想養隻貓，當然是在兩人關係還沒出現狀況之前。因為一直沒有小孩，所以夏希可能一方面是寂寞，另一方面也希望能在兩人之間多一點共同的生活樂趣。現在想想，如果當初同意的話，也許兩個人現在也不會分開了。

用前女友的名字喊對了這隻貓，我感到很開心，但是後來才發現阿蘭是隻公貓。

18 城下町：古時候諸侯建城後，人民依附在城外，聚集成為繁榮街道。

北山時雨

きたやましぐれ

三粥六碟一丼

原本想搭配煮好的茶粥的鰤魚味噌漬都被阿蘭吃光了，剩下冷掉的咖啡無法支撐我這一天開場的體力，想著出去覓食也不錯。穿上羽絨衣走出院外，套上防貓環，還瞄了一眼牆邊吃撐了的阿蘭在舔腳。暖冬的斜陽伴隨我輕快的覓食腳步，日日是好日。

雖然來京都已經像進廚房一樣，但是此次心情特別好，說像旅遊，但我是來Long Stay的。不過若要說是定居，那我還真沒準備好，要打入京都人的生活圈可是比登陸諾曼第還難。

逛著逛著，也不知過了幾條街，讓我停下腳步的是那一陣熟悉的味道。好久沒來了，門口排著隊等拿外賣的人不少，趁著縫隙鑽了進去，一看還有座位，馬上跟老闆娘裝熟地打個招呼，蹭了一桌。老闆娘忙著結帳也就使了個敷衍的眼神，說不上歡迎，但這在京都人也是默認了。

「福田」是家做熟食外賣的老鋪，開在二條的商店街裡也有很多年了。雖說是專門外賣，但是懂的人都知道店裡還有兩張桌子可以內用，據說這桌子原本是給員工吃飯用的，隨著生意越來越好，現在都被客人占了。

「大將[19]，麻煩六碟。還要湯葉丼。」我一副老常客的樣子，把店員也唬得一愣一愣。

到這種店問菜單是很丟臉的，尤其是在京都。禮貌一點的店員可能會裝沒看見、沒聽見，惡劣一點的會給你個白眼，然後再跟你說：「不好意思，我們只是個小店，菜單都寫在門口，麻煩您自己看看。」你走回店外，卻發現店門口什麼都沒有。

當然，我喊「六碟加湯葉丼」也不是亂喊的，畢竟不可能每次都像喊阿蘭那麼剛好。這家店我的確來過，而且很多次，尤其每次帶台灣朋友來京都旅遊，總有一天早上，我會讓大家放棄五星級的自助早餐，跟我一起來排隊，從未有抱怨。

首先，「六碟」是重點。福田主要是做京都家常菜外賣的，所以每天都有二、三十種菜，而且每天變，你如果要自己選，那等到宵夜你都還沒決定。所以喊個「六碟」，就是六道菜由店家隨意挑，反正每道都好吃，而且店員會幫你將六道平均分配口味，有魚、有肉、有菜，有鹹、有甜。

配完六碟後，客人可以自己去盛白飯或茶粥搭配。沒錯，茶粥又是重點。不是白粥，而是用茶去熬出來的粥，具體是什麼茶，我也沒講究，但是茶粥的口感的確特別，也許是茶裡的澀味跟大米熬煮後特別融合。即使光吃粥都開心，配個六碟，我都可以吃三碗粥。

如果三粥六碟下肚後，還能再叫個「湯葉丼」，那肯定是有道理的。首先，老闆會多看你兩眼，而且不是白眼，他會視你為英雄，因為只有英雄才識貨。多了這碗湯葉丼也就是多個銅板（一份大概就四、五百日圓），但是就先把你和來喝粥的人區別開來了。

說到湯葉丼，如果只是單純地認為就是一碗豆皮湯加飯，那跟吃到金槍魚就以為是日本料理，看到水手服就相信一定是日本高中女生，都是無知的象徵。當然，全日本做湯葉丼的也不只有京都，而京都的做法，各家也有不同特色。然而我喜歡福田家的做法是比較偏簡單的方式，除了重點的豆皮外，一些滑菇、少許鮮蔬，精采的是湯頭，滑潤濃稠是特色。為了享受這湯頭，我通常都不加米飯了，比較像用湯葉丼來做收尾，因為前面的六碟三粥已經頂到喉嚨了，壓軸的湯葉丼幫我做個完美收場剛剛好。

摸著剛剛三粥六碟一丼戰果的小腹，滿足地走回家，才剛進玄關，忽然發現院子外好像有點動靜，心想這光天化日下應該不太會有竊賊之類的吧，而且我昨天可是有好好地跟巷裡那迷你神社誠心拜了兩下，說好的誠信呢？忐忑的心，躡腳走向玄關，不料大概是那老舊的木板地發出了些聲響，院外速速的腳步聲像是也驚嚇地離去了。我小心地把大門上的防貓鐵圈套取了下來，先是開了道門縫，確定沒有什麼不祥之物後，才緩緩把門打開。

幽靜的巷內，除了那迷你神社邊上的湧水井細細的流水聲，環顧四周，連隻貓都沒有。忽然發現門腳邊有個小風呂敷的包袱，該不會是炸彈吧？看太多好萊塢電影的我奇想著。還管不上是不是炸彈，我立刻往巷口衝了出去，就希望還能看到犯人。

看來犯人還是專業的，一路衝到島田先生的診所都沒看見一人，診所還沒開門，確定也藏匿不了嫌犯。看來真是遇到個職業的了。還在奇想的我回頭轉進巷內，就遠遠看到有個人抱著那疑似炸彈的包袱，鎮靜地向我鞠了個躬。

直到快走回門口時，我才認出來了——她不是昨晚的天才少女，小廚娘春奈嗎？少了昨晚霸氣的大廚臉，俏皮的馬尾，穿著就像這年紀該有的裝扮，配上帶點不甘心、但似乎仍是誠懇的臉，像極了小朋友吵架時不情願道歉的眼神。看來應該是為了昨晚的事，被母親叫來道歉的。

北山時雨

きたやましぐれ

「昨天晚上的事，真的是非常對不起。」滿滿九十度的鞠躬。我還在想她是從哪裡冒出來的。這忍者般的行動搞得我一頭霧水，想著是我還在宿醉嗎？

「先進來吧。」我怕被鄰居看到誤會了，趕緊先請她入屋。但是想想這樣會不會誤會更大，矛盾的我搞得比道歉的人還尷尬。

「昨天晚上的事真的是非常對不起。」我才把原本自己要續杯的湧水咖啡倒給她，她馬上又是一個滿滿九十度鞠躬，同時還把那包袱呈了上來。

「這是我剛做好的玉子燒，如果王桑不介意的話，請接受。」九十度的頭還沒回位，又是不停地道歉。

其實昨晚她的態度，我根本不在意。一個有點天分、又很努力的年輕人，帶點個性也是應該的。我的年紀應該都跟她雙親差不多了，所以怎麼可能會在意她那一點小任性。這倒不是倚老賣老，而是我對她的料理很感興趣，尤其是在這傳統京都居民區裡的店，加上島田先生那精采的說書內容，讓我對這小姑娘充滿了好奇，甚至欣賞。

「謝謝你的玉子燒。我們一起吃一點吧，配咖啡應該也很合適。」雖然已經吃撐，我仍故作開心地馬上備了小碟和咖啡。

金黃色的玉子燒放在一個長方形的保鮮盒內，長長一條切成六塊，每一塊剛好就是一口。包在一起的還有筷子和紙巾，一看就是專業的，也能看出誠意。

「這玉子燒是……」還沒等她介紹，我已經先夾了一大塊入口。

「喔！裡面還……還有夾起司……」雖說嘴巴裡有食物時不要說話，但是我還是沒忍住。

「是的，這夾的是……」她帶點自信地要好好介紹她的傑作。

「Brie[20]吧！這奶味濃的。」我完全沒理會她，直覺反應說了出來。就看她那失望的臉又出現了。

「欸，好像還有別的，我吃不大出來。」看著她的失落，我開始有點心疼，馬上留了點空間。

「是的，還加了我媽媽老家丹後產的起司。」才說完，感覺她的背後都出現彩虹了。

「真不愧是京丹後的起司，沒話說。這蛋卷煎的火候也是完美，剛好可以襯托那起司，真是美味。」要說哄小姑娘，我也是職業的。

其實說起玉子燒，我大概也是接近奧運水準的實力。記得第一次去夏希家拜訪她父母，夏希的父親隨口跟我聊到玉子燒，還問我會不會做。那時的日語程度尚弱，心想這該如何表達，後來夏希的一個眼神從我甩向廚房。接到隊友的暗號後，我二話不說，轉身就進了廚房。七分三十六秒加上一個三圈半的轉體，我完成了一個完美的玉子燒，而且還是帶點高湯的關西風，夏希的父母也毫不猶豫地給我舉了個十分的牌。

就這兩片玉子燒的話題拉近了兩人的距離，也稍稍打開了春奈醬的心房。春奈醬的「春」是春天的意思，說明她是在春天出生的，這也輝映她母親的名字「千秋」，是秋天出生。別說母女的感情，應該是全家的情感凝聚都很強烈，也像昨晚島田先生說起他們家的故事。尤其是父親遽逝給春奈醬的打擊真的很大，這也難怪她的手藝同父親一樣，和法折衷，同樣傑出。我想春奈醬當初在法國學藝，應該就已經決定有一天要回來協助父親傳承，可能只是沒想到來得這麼突然，這強大的壓力也營造了她那好勝的自尊心，所以昨晚才會有那麼大的反應。

當然，她昨晚更沒想到的是完敗給了一位台灣來的大叔。好險靠著兩片玉子燒，我們化敵為友，甚至她也漸漸被我廣大又深入的料理知識庫吸引著。

我們聊著聊著，她忽然像個小朋友般的問起：「王桑，山蔭神社去過嗎？」

「山蔭？哪裡？」有了昨晚的經驗，賣傻也是我強項。

「耶！這是料理之神的神社，王桑居然不知道。」看她興奮的自信，我看著都開心。

山蔭神社的確是日本唯一被稱為「料理之神」的神社，主要是為保護平安時代的京都建立的吉田神社所創建的神社，祭祀自古以來作為廚房神、飲食祖神的藤原山蔭卿。雖然沒有親自去參拜過，但是這個資訊我還是清楚的，畢竟我也是考過京都導遊十八級的權威。

「那那……這個週末，我帶王桑去吧。」春奈醬越講越興奮。

蛤？才剛剛化敵為友，現在馬上要相約出遊，果然女人心海底針。

玉子燒對日本人來說一直都有個特別的地位，台灣人也喜歡，可能也是當初日本人留下的文化。我也是因為從小就吃著外婆的玉子燒，雖然後來去了西方人的世界生活，但是在我心中，荷包蛋的地位始終無法超越玉子燒。

平凡無奇的玉子燒也就是雞蛋的原料，但是加上有個性的起司後就非常出眾。同樣沒有顏值的大叔，靠著豐富的內涵也是有魅力的。——也會煎玉子燒的大叔

19 大將：「老闆」稱謂，通常用於餐廳或販賣店。
20 Brie：法國著名起司，以奶味濃厚著稱。

北山時雨

きたやましぐれ

西陣老爺

送走了小馬尾美少女之後，才發現手機上有條未讀的訊息。

「王桑，今晚有空喝一杯嗎？」來自夏希的大舅舅浩一桑。

「西陣有家有趣的小店，你一定會喜歡的。」同時還附上了一張店門口的照片。

照片不是很清楚，是在晚上拍的，感覺拍的時候還有點晃動，應該是喝了酒後拍的吧。光看那幾個漢字的壓克力大招牌，襯底的燈光用的是日光燈，其中隱約還有根燈管沒亮。這店沒五十年，也絕對有三十年了。在京都，這種店一大把，可是奇怪的是在餐廳點評的網站裡都找不到，可見得真是專門接熟客的。而這家可是由「西陣老爺」大舅舅安排的，我光看照片都可以聞到菜香了。

記得第一次跟夏希來京都時，縱使已經來過多次，怕喧賓奪主，總是裝作很新奇的樣子，而夏希卻又怕未盡地主之誼，看著她一直偷看準備好的小抄，反覆介紹；只是那天在祇園吃的鰻魚飯，我是第四次了，而飯後的和菓子店，我大概也算股東了。演技不好的我，大概也被她看出來，直到到了外婆家，她大概才覺得卸下重擔。

外婆家在西陣。西陣在京都的名氣可能還排不上什麼名次，但是「西陣織」可就是家喻戶曉了。的確，在西陣這個區域，當地人的職業可能都跟西陣織脫離不了關係。西陣織在日本是一種地位非常崇高的工藝，許多百萬級以上的和服一定要有條西陣織的腰帶配，才算得上是精品。而這精緻的工藝前後不下二十道工法，加上上、下游配合的商家及供應商，整個西陣就剛好是完整的產業鏈區域。這家染坊、那家織布、這家批發、那家運輸，整個產業鏈傳承數百年，憑的就是一個誠信互助。

走在西陣老町屋的巷弄內，此起彼落的織布機聲散布在巷頭街尾，而外婆家就是已傳承數代的批發商家，如今由大舅舅接下這六代目的擔子，在西陣這區域也算個名人。而這些Ｎ代目的老闆在這都被稱為「西陣老爺」。往西不遠的上七軒老花街，就是靠著這群「西陣老爺」的支持，至今才能看到那些美麗的藝妓繼續傳延著優美的花街文化。

北山時雨

きたやましぐれ

記得有一年大舅舅生日，我來拜完壽後，也被拉去跟著一群「西陣老爺」們去了上七軒開眼界。剛開始時的氣氛有點凝重，大家盤腿對坐，就聽著女將來了一段大壽祝詞，聽到腳痲的我也不敢換腿，只見所有西陣老爺們聽得是頻頻點頭，只是不知道是同感同賀，還是在打瞌睡。好不容易等到介紹藝妓出場的環節，女將特別介紹「美智子」桑為了幫大舅舅祝壽，要來段祝壽的舞曲。看到老爺們開始有稍許的激動，我也以要聽義大利歌劇的心情盤起已經痲痺的雙腿，正坐期待著揭幕。

一旁彈著三弦（三味線）的資深藝妓起了開場。三弦是一種只有三根弦的樂器，據說最早來自中國，輾轉經由琉球再傳到日本本土。看著那蛇皮的音箱，兩三個音就讓人聽著有點酥痲。接著進場的藝妓，我沒有被她塗滿白粉的小臉嚇到，倒是她那精美的和服，配上西陣織的腰帶，我第一次覺得衣服比人美，當然也有可能是因為藝妓的白粉臉。

兩聲三弦起音後，藝妓開始表演了。但不知道她是不是也腳痲了，感覺她的動作像是放慢十倍速進行。三弦，扇子，白粉臉，可能我真的沒有什麼藝術細胞，我整場關注的點只剩那西陣織的腰帶。大概過了三個寒暑，三弦收音後，眾老爺全都拍手叫好，我也如釋重負，心想終於可以換腿再喝口啤酒了吧。這時大舅舅忽然站了起來，對著大家說，看到美智子的表演很感動，他決定也要來吟誦一曲回禮，我頓時已經口吐白沫了。

在京都，其實藝妓不太可能被你在路上偶遇，更不可能還會撐個陽傘，比個剪刀手在自拍。你看到的都是五千日幣租來的Cosplay，那陽傘還要加一千。

大舅舅是六代目，因為父親走得早，所以他很早就接班了。當時生意做得還很大，加上大舅舅是屬於那種五湖四海的個性，所以哪怕接班時還年輕，也很早就打入了「西陣老爺」的人脈群。即使現在的西陣織沒有以前的市場活絡，但是以大舅舅在當地的人脈，沒選個區長，也可以選個里長了。

「西陣老爺」是對這些與西陣織產業相關店家老闆的稱謂。

當家的叫「老爺」，雖然保守，但如此才能支撐著這個產業鏈。而未接班的長子被稱為「若主」，也就是俗稱的「二代」，也必須支持著自己的父親直到接班。不過近幾年，這些「若主」組成自己的協會，有點像我們的青商會，開始在為「西陣織」的下一個世代創新籌劃著。大舅舅提早接班，因此他除了進身為「西陣老爺」，同時也橫跨兩會，肩負著領導青商會的發展。這造成了他的酒量和度（肚）量都越來越大了。所以當他說好吃、好喝或是有意思的店，我肯定是小跑步赴約。

入夜，等不及的我早早就出門了。看照片上的小店門口也不難找，因為那招牌裡的日光燈還是少一盞沒修，在整齊一排的店家中更顯突出。

還沒進門已五味雜陳：酒味、炭烤味、老木頭味，還有一些說不出的味。站在門口，想先偷窺一下店內，被忽然運轉的空調聲嚇了一跳，原來門邊堆滿了空酒箱，後面還藏著一台空調外機，這混亂的門口，實在很難想像有多美味。不過後來想想，台灣的夜市不是也都亂糟糟的，卻格外美味。還在有點擔心時，背後一個結實的手掌拍了我一下肩膀。

「喲，不難找吧？因為你也算半個京都人吧。」大舅舅同時也到了。

「おこしやす。」熟悉的京都式餐飲店招呼法，但是只聽其聲，不見其人，因為女將在店裡已忙得不可開交。雖說沒人來招呼，但是大舅舅卻像在自己家一樣，領著我坐在吧檯前，同時也向忙著殺魚的老闆打了招呼，似乎整個流程都已經走過數百遍了，無人覺得不妥。

我還在忙著偵察四周的時候，忽然間，熱茶、熱毛巾如忍者般的上桌了。而大舅舅卻還忙著跟其他桌熟識的客人閒聊，看來這店應該就是「西陣老爺」的交誼廳吧。

「您應該就是台灣來的王桑吧？歡迎來我們的小店。」女將邊招呼，邊奪走我的羽絨衣掛到牆上。

我繼續環顧四周，店內似乎沒有菜單，牆上貼的菜名字條都有點泛黃了。大舅舅還在巡桌交流，我帶點小尷尬的臉，試著想讀出那些泛黃字條的菜名。

「來，請先用杯啤酒吧，浩一桑可能還要一陣子才會回座。」女將笑了笑。

「這是我們當地新的啤酒，就叫西陣麥酒。」女將同時還上了碟小菜。

蛤，我尊重的京都液體中，居然還有叫西陣麥酒的，難道大家都不織布，改釀酒了？而且居然還以「西陣」命名，這對這世界非物質文化遺產是不是有點失禮呀？還沒入口，我已經很多惡口。

女將看我一直在打量酒瓶，忍不住奪了過去，還幫我斟上滿杯。看著白色酒沫就快要溢出杯緣，我立刻張口貼了過去，沒想到那白色的酒沫就安安靜靜地停在杯緣上不動了。我只能說女將絕對是個忍者。

順著杯緣，我先咬了一口酒沫，之後一口氣吞了可能有一百毫升的酒汁，離杯前又讓鼻頭沾了點酒沫。酒入喉後，酒氣撲鼻，一氣呵成，收尾時還帶了個小酒嗝，只有這樣的啤酒才是完美的。

「如何？我們的西陣麥酒好喝吧？」大舅舅一大掌拍了我後背，讓我把剛準備打出的酒嗝又吞了回去。

不過大舅舅還沒坐下，只是先拿起女將幫他倒好的西陣麥酒跟我碰個杯，轉頭又繼續去找另一桌打招呼。女將也看似司空見慣，馬上先端了份小菜給我。

「這是鰤魚，大將用たたき[21]的方式準備的。現在鰤魚剛好也是季節，配啤酒應該很合適。」女將邊說，還幫我在醬油碟裡補了些醬油。

的確，鰤魚現在是最好的季節，之前在富山跟能登半島那邊旅行時，可沒少吃過。今天的鰤魚可能是京都的，畢竟京都北面是日本海，應該也算是漁區吧。不過用たたき的方式，過去所吃的都是鰹魚和竹筴魚，今天的鰤魚たたき是第一次。我一口魚、一口酒沒閒著，只是到了第三口，總覺得還缺點什麼。

「阿～挪……不好意……」我話未停，只見女將端來一壺溫酒。

「這壺是京都當地招德酒造的特別純米『花洛原酒』，比較辛口[22]一點。浩一桑說王桑您是專家，還請您多指教。」女將熟悉地邊介紹，邊把一壺還在冒煙的清酒徐徐地倒了少許在我的瓷杯裡。

「喔，謝謝……」我有點猶豫，現在只要被京都人稱讚時，都會小心地先用翻譯機檢查一下。

「因為比較辛口，我溫得比較燙，還請小心飲用。」女將貼心地叮嚀，我開始有點卸下戒心。

怕燙的我正準備先來呼呼吹涼，沒想到才一貼近嘴，那澎湃的酒氣馬上撲面入鼻，禁不住誘惑，淺淺抿了一口。我強忍著高溫，享受那柔順的口感，開始對喜歡皮鞭的人有些同感了。

唇邊的炙熱還沒降溫，就看到女將又端來份小菜，看來大舅舅應該都已經交代及關照好了。

「這是京蔥黑豚卷。那蔥是我們著名的九條蔥，配上油脂豐富的黑豚肉，炭火烤過後，油香滲入蔥中，是我們店的招牌。」女將細心地慢慢介紹他們家的招牌菜。

「跟溫酒也很搭喲。」離桌前，女將又補了一句。

我一口酒、一口肉，居然都忘了大舅舅的存在。

「如何？這個店，還能接受吧？」大舅舅酒巡三趟，終於回桌。

「太精采了。不愧是只有你們『老爺』才懂的店呀！」真不是客套地說。

「西陣這樣的店還很多喲，過兩天再帶你去別家。」大舅舅拍我一下肩膀，又跟我乾了一杯。

「怎麼樣？房子住得也還習慣吧？老房子不會不方便吧？」他也夾了一塊黑豚卷，終於跟我說上話了。

「我很喜歡呀。環境很好，鄰居也很友善，我都想一直住下去了。」一半是真心，一半是客氣。

「太好了，那就一直住……住……住下去吧。」說完，他拿著酒杯又往隔壁桌敬酒去了。

現場聲音有點吵，我可能喝得也有點 High，不覺得對話有哪裡不對，但是直覺反應這不太像平時的大舅舅。

「來，這個比較特別，是鯨魚培根（鯨ベーコン），配一點薑末或蔥很合適。」女將端來這一小碟把我驚呆了。

記得第一次吃到鯨魚是在長崎，這是長崎的名物。然而居然在幾百里外的京都也吃得到，可見得京都人真是高質量人類的品味呀。

「這個叫『ベーコン』，培根的稀有部位。平常我們都很難訂到貨，難得王桑來，我們真是託福呀。」一出現了，典型京都女將的客套生意寒暄。

「真不愧是京都呀，才配得上這些名物。」我學得也很快，也回敬了標準朝廷用語。

「人生中呀，也沒有什麼過不去的事，過不去的只有心情。吃好、喝好才是人生呀。」忽然出現的大舅舅也夾了片鯨魚培根，塞進嘴後，丟了兩句話，然後又往隔壁桌蹭去。蛤，這是什麼莎士比亞的戲碼？一會欲言又止，一會又像哲學家，到底是喝多了，還是想向我表達什麼？這完全不像平常的大舅舅。當然，有讀過書的我也可以理解，他肯定是對於我和夏希的事有些想法，也許不好意思給過多的意見，但是可能他自己也看不下去……讓我這酒今晚喝得更是五味雜陳。

走回北野的路上，頭比平時宿醉後還痛。大舅舅今晚的互動一直重複在我的腦海裡。

不知道為什麼，吃鯨魚和魚翅就有點對不起地球的感覺，但是其他魚就沒有。這是不是也是種過不去的心情？

21たたき：字面解釋是敲打，但後來有不同料理，將生魚敲打、剁碎、調味出品，亦使用此名稱。

22辛口：字面意思是「辣」，但在清酒的形容詞是指甘甜度低，清爽型口感。

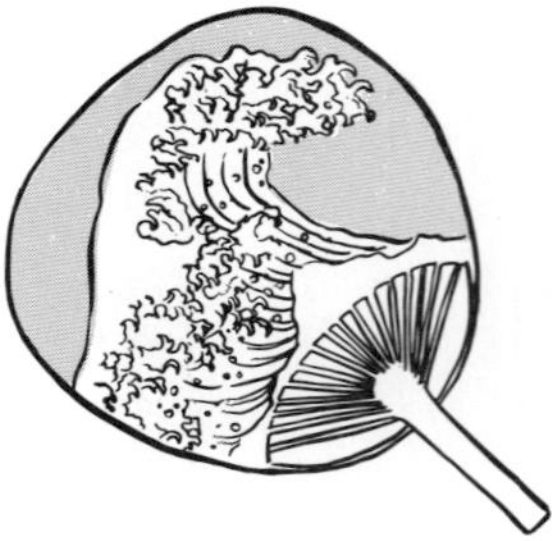

北山時雨

きたやましぐれ

陰翳

雖說已經搬來好幾天了，但是每天精采的吃喝行程讓我都沒有好好欣賞一下我這京都的家。看著這百年的老町家，梁、柱、庭、窗，歲月留下了許多痕跡。這老屋在外國人眼裡可能是所謂的「老、破、小」，在文人眼裡，可能被稱之為「侘寂」（wabi-sabi），而我瞬間想到了「陰翳」。

第一次認識到「陰翳」這個詞，可能是自己的中文造詣不高，總覺得應該跟聊齋或是什麼鬼怪神魔相關的詞彙吧。後來因為偶然看了兩部由谷崎潤一郎原作改編的電影後，漸漸對這原著作家產生了好奇和興趣，慢慢地竟變成了欣賞與崇敬，最終他在我心中達到頂點時，就是我剛好讀到他那本《陰翳禮讚》的時候。

「陰翳」這個詞並不是他發明的，只是可能我們書讀得不多，也沒什麼機會用到，甚至第一次見到時，我還讀不出字音，想拼音查字都做不到。沒想到後來學到時，卻是來自一位日本作家，作為中文母語的我實在慚愧。

我並不是喜歡谷崎潤一郎的文學，應該說我是對他那「審美」，或說是「對美的看法」感到好奇，其實應該已經到了著迷的地步。

首先是他把「陰翳」用來與日本文化的美做了很多連結，甚至是用在不具象的形容。你說它是抽象美，但是那光、那色、那型的確也是美。也有人說日本人常用的「侘寂」是「陰翳」最好的解釋，但我還是沒讀懂。

在我看來，倒是有點像法國與美國的葡萄酒差別。這幾年，美國、澳洲甚至智利都釀造出許多優秀的葡萄酒，每每在世界比賽中得獎。我每次喝也都覺得不錯，只是喝過之後，能記得的沒幾瓶。你要說它沒特色，其實人家把酒也做得像藝術品，可是除了「好喝」以外，就是沒有其他想法。倒是法國與義大利的葡萄酒，即使不是什麼名門酒莊，喝起來也沒那麼順口，但總覺得那種複雜又具層次的口感很能吸引人，過了許久再喝同樣的酒莊，也會有不同的感受。你要說它特別好喝也並不是，但就是會讓你想再喝，而且念念不忘。

甚至用在女性的美上，谷崎潤一郎也很少直接形容哪個女人很美，但是透過他的文字

北山時雨

きたやましぐれ

形容那形態、頭髮、口吻、肌膚……你已經可以決定為她殉情了。甚至我覺得有很多經典的「愛情動作片」的劇情都是受他影響。自古文人多風流，即使用在谷崎先生身上，我也覺得是一種「陰翳」的美。

會讓我忽然想到「陰翳」是剛好坐在內庭邊上喝著湧水咖啡時，看著庭內的陽光斜射入屋，柔柔地透過木格子門上的紙窗，斜映在壁龕[23]的牆上，牆上因為這道斜光而映射出兩段不同的反光，配上老舊的牆面，的確是有點氣質的美。不一會，有些雲飄過內庭的天空，瞬間的透光又起了變化，你要說它被遮暗了，我倒想說是有點寂寞的光。想著自己都笑了，還自認為搞懂了「陰翳」一樣。

看著飄來飄去的雲，咖啡都涼了，我還沒停住。才想起都住了好幾天，也還沒好好研究這老房子，每天除了在外吃吃喝喝，一回來就往被爐窩，這房子還有很多地方都沒看過。

我最深入這房子的地方，大概也就是這內庭院。這種內庭院，日本人叫「坪庭」，大概的意思應該就是小內院吧。每次看到別人介紹日本庭院都是那樹、那池、那石、小橋、石籠……甚至還有枯山水什麼的。我住的這老屋的內庭只有幾顆大石頭，加上一棵叫不出名字的大樹，石頭和大樹旁還有顆像盆子一樣的石頭，上面積了些剛好從屋簷流下的雨水，雨水透過「鎖樋」[24]流進石盆。這個鎖樋大概是這庭院裡，我最有興趣的物件了。雨水從屋簷流下，經過鎖樋，一層一層地流入地上的石盆：雨聲、水滴聲、石盆上的水波，光這些，我可以看一下午。

我很喜歡京都的雨，除了在這老房子裡欣賞外，我還喜歡看下雨時的石板地。經人們多年踩過的石板地，在下雨時特別光亮，當然也很滑。凹凸不平的石面，有少許雨水滲在縫中。京都的石板路特別多，所以只要一下雨，我就特別愛出來散步。京都跟台北一樣都是盆地，夏熱冬冷，雨水也不少，尤其北面的山，風一吹，雲飄過，雨就來，風又來，雨就消失了。

以前在台北的房子有個陽台是朝東的，因為台北也多雨，所以那個朝東的陽台牆邊常常會出現一些青苔，我嫌髒，總喜歡用水沖掉。後來聽夏希說這很美，我很難理解，直到來京都，看到老房子庭院裡的青苔，真的很美。

其實日本人把「苔蘚」也做成庭院中美的一部分。石頭上的苔，牆上的苔，石板地上的苔，不同地方的苔經過不同的光照射後，都有不同的綠，那種綠我在Pantone色卡裡都找不到。記得一次跟夏希朝北散步，慢慢走進北山後才發現，竹林、小溪、石苔。那才叫一個全家福呀。

日本人的審美，你要說它怪，但是又好像有那麼個道理。我對谷崎潤一郎所描述「陰翳」的美，慢慢地也有了自己的看法，甚至投射在人際關係上，說直白一點就是讓自己在別人的缺點上找優點。但是現實上好像還是行不通，看來我是沒有大文豪的基因。

不知道我們這種三天沒刮鬍子的臉，加上微凸的啤酒肚，以及極具內涵風度的氣質，能不能也叫「陰翳」的帥？——陰翳大叔

23 壁龕：日本和式房的裝飾，通常用於擺放神明或祖先牌位祭拜。
24 鎖樋（くさりとい）：直譯為雨鏈，在屋簷角垂下一金屬鏈，雨水透過屋簷流經這金屬鏈，最後落入地面。許多不同設計的金屬鏈會讓雨水通過時產生聲音，讓許多人也著迷地欣賞。

京都關係

一早的氣溫有點低，看到院子前的天空也有點陰，躲在被窩裡實在不想起床。不過標榜只賴人、不賴床的我，被窩裡也真沒人賴，實在不情願地起了床。

早上一杯京都湧水的咖啡來漱口是一定要的，水還沒開，忽然想起門前的落葉幾天了都沒打掃。我倒也沒什麼潔癖，但是想到如果沒有打掃乾淨，一會我們島田醫生電台可能又要開始廣播了，「台灣人都不掃葉子的喲，台灣人都不是好鄰居喲……」光想著頭又痛了，馬上放下咖啡壺，抓了羽絨衣往門口奔去。

在京都家門口掃地也是有點學問的。由於大家的房子都是並肩齊排的，如果只掃了自己家門口，那鄰居看了肯定會在背後說這個人有多自私啊；但是如果好心把鄰居的門口都掃乾淨了，那鄰居又有可能說我肯定等會會來邀功。想到這種高難度的拿捏分寸，頭就更痛了。不過想想這巷內幾戶人家都不在，我更不想讓鄰居批評我們台灣人，便一口氣掃到巷口，連那小土地公廟都擦了一遍，最後鄰居怎麼判斷我也不管了。

「喔～嗨～喲（早安），王桑。」才剛掃完落葉，手裡還拎著剛清理完土地公廟的水桶，忽然一陣雄厚又熟悉的聲音喊住了我。

「喔……早……安，島田先生。」忽然被喊住，我的對應回話忽然有點緊張顫抖。

「真不愧是台灣人，一早就把大家的街道都打掃得這麼乾淨呀。」島田先生的聲量似乎有點希望連京都市政府都聽得到。

「呀[25]，也不是……就……順手吧，順手吧。」我答得有點尷尬，因為瞬間還沒翻譯出島田先生的真意。

「真不好意思，還真麻煩王桑了。不介意的話，來我們家喝杯咖啡吧。」島田先生順手提走了我放在路旁的掃把，似乎我沒有拒絕的權利了。

進診所後，眼前是等待區跟櫃檯。這個時間點，島田診所似乎還沒開診。他領著我往側邊的樓梯上樓，二樓似乎是他的生活區域。

「隨便坐吧。我老婆出去買東西了，只有我在。」他往起居室瞟了一眼，示意我先坐下。

起居室也是一個標準的日式空間，大概有五、六帖[26]吧，中間放著被爐，邊上有一個典型的日本家庭大都有的，祭祀前人的佛壇。佛壇上放著一對慈祥老人的照片，應該是島田先生在天國的雙親吧。島田先生雖說開診所也很多年了，但看其生活也算樸實，不像很多醫生都喜歡追求華麗的物質生活。

「呀[27]，有個台灣鄰居真的是可以信賴呀。」島田先生舀了一杓咖啡豆放進咖啡機裡。說他樸實，但是人家喝個咖啡也看似講究。一台現磨的義式咖啡機，要不是講究的人可能也花不起這銀子吧。原本我以為像島田先生這樣的京都人大多是喝茶多過咖啡，不過也常聽夏希說起，其實京都人表面傳統，骨子裡卻是非常洋氣。據日本政府統計，京都家庭平均花在咖啡及麵包上的消費，在全國都屬前茅。

「有需要牛奶還是糖嗎？」才聽到機器開始運作的聲音，咖啡的香氣已經飛溢出來了。

其實我對咖啡沒什麼特別講究，只不過現在市場上的咖啡種類太多了，撇開咖啡豆的種類跟添加物，光製作方法就有好多種。小時候在台灣的咖啡廳那種虹吸式的，聽說是從日本傳過來的，現在日本街上也還有不少店在做。後來這種蒸氣式壓縮的咖啡機從歐洲開始流行到各地，很多人稱之為義式咖啡機，但還真不知道跟義大利有什麼關係。這幾年則流行濾紙滴漏萃取，嚴格說是復古加改革版吧。無論如何，咖啡氣要香，入口別太苦，其他不相關的就別亂加了，這大概就是我對於好咖啡的標準吧。

「不好意思，我什麼都不用加，原味就好。」不是客氣，就是喜歡原味。

「喔，王桑是原味派的呀，我們大叔都是加糖黨的。」就看他加的糖都夠得糖尿病了，還真虧自己是醫生。

島田先生慢慢將已經注滿咖啡的杯子及托盤一起遞給我。這套杯組一看就是那種歐美名牌的瓷器，只是他自己可能也不清楚，這杯子是喝茶的，不是喝咖啡的，在歐洲生活過近十年的我一眼就發現了。不過這種情況我媽也是一樣，不管功能如何，看起來高級就好。我在法國也看過房東大媽用青花瓷飯碗喝咖啡，所以說，藝術無國界。

「怎麼樣，我的咖啡不會輸給冬實桑吧？」我被島田先生忽然的一句，嚇得咖啡都噴出口了。

「蛤，冬實桑……喔，都很好喝。」心想，完了，連去冬實那喝咖啡的事都被他知道了，島田先生的情報網實在太強了。

同時島田先生從微波爐裡拿出剛加熱好的蘋果派。蘋果派看來只剩不到一半，肯定是吃剩的，不過加熱後的香氣馬上溢入我的鼻孔，這就算是過期的，我想我也不打算放過。

「很香吧？這是Grace Season[28]家的派，我昨天買的，沒吃完。不介意的話，請嚐嚐。」島田先生看我口水已流滿桌，順手切了一塊給我。

「這家甜品店從我小時候就有了，就在上七軒那，喝咖啡很配。他們家還有蒙布朗、起司蛋糕和手作布丁都很好吃。」忽然岔開的話題，說得讓我頻頻點頭。

「咦，不過我也經過幾次，怎麼都沒發現？」馬上又補了一口派。

「很歐風的青藍色門面，也是間咖啡廳，所以你可能錯過了。這是間老鋪了，我們北野人都知道。」島田先生越講越自豪。

「不過……冬實桑的咖啡雖然好喝，但也不是那麼容易喝喲。」怎麼話題忽然又被拉了回來，而且感覺島田先生話中有話。

「喔……」其實我也不是裝傻，是好像真的傻了。

實話說，島田先生那句話，我也不是沒有感覺。一位這麼漂亮的京美人，在間老房子裡賣咖啡，在這並不是觀光區的北野裡，我看收入都不夠付水電費。而且雖說她離過婚，但是美貌依舊，別說追求者，上門說親的應該都可以排到天滿宮了。如此謎一般的美女，我也曾想像過背後許多可能的故事，但你說這個年代，誰沒有點故事呢？

「不過冬實桑真是我們可以自豪的京美女呀。如果一直單身，那也太可惜了。」島田先生看我有點發呆，又切了一塊蘋果派給我。

島田先生的情報網果然不是蓋的，哪怕當初日軍偷襲珍珠港的情報都沒有他厲害。幾次想開口向他打聽冬實的故事，可是每次到了嘴邊就跟著蘋果派一起吞了回去。

「阿挪……王桑這次搬來我們京都是有什麼計畫嗎？」完了，島田先生向我出手了。在島田先生面前，我忽然像個小孩。明知道他很清楚我和夏希的關係，現在又知道我跟冬實的新發展，其實打從心裡有時又想向他請益，畢竟日本人的想法我還是拿捏不準；但是又不想讓他挖空我的祕密。兩難之下，要實說，還是忽悠？

「要不要再來杯咖啡呀？」看來島田先生已經打算對我來個長期抗戰了。

「啊啦！我忽然想起今天早上約好了要去剪頭髮。」我迅速起身，兩次感謝鞠躬後，拎著掃把奪門而出，留下嘴裡還有蘋果派的島田先生。

沒想到這麼低級的藉口也能助我脫離險境，只能說這就是我們台灣式的藉口。就像以前想約心儀的女孩子週末出遊，都被「啊，不好意思！這週末要洗頭，沒辦法出去」給拒絕了。

「蛤？洗頭要洗兩天嗎？」

到別人家作客，不留到第二杯茶，應該咖啡也同理，難道島田先生不知道嗎？

25「呀」（ya）：日本人常以一個短音「ya」（嫌）作為否定回覆的開頭。
26一帖約等於一張榻榻米。
27這裡的「呀」（ya）是長音，表示驚嘆的意思。日本人的語氣很詭異，尤其是京都人。
28 Grace Season：位在上七軒的一家蛋糕咖啡廳，知名老鋪。

北山時雨

きたやましぐれ

捏失敗的丸子

我勒緊褲腰，一大口的深呼吸，立刻小跑步躲回我的老町家。不均勻的喘氣還沒停止，才進院，順手就把夾在腋下的掃把放到牆角，掃把頭倒下時剛好敲到那布滿灰塵的腳踏車。混亂中總是會有令人驚喜的想法，靈光一閃，我踢掉剛才掃地穿的人字拖，換上沒穿過幾次的跑步鞋，再次拿起掃把，拍了拍那腳踏車坐墊的厚灰，我躡著腳慢慢地將車推出了門外。雖然車不是偷的，但就怕又被島田先生發現。再次套上那連阿蘭都防不住的門鎖套，直到推出了巷口，我才快速地坐上坐墊，也沒想清楚目的地，雙腳奮力交錯著踩那踏板，一路向北直奔。

冬日的晨風颳得臉有點痛，我目測已經遠離島田先生的監控範圍，放慢速度，略微凍寒的晨風也慢慢紓解了我的緊張。我在京都巷內徐徐穿梭，每次轉個彎看見京都人的壞心眼石[29]，都覺得好笑。又繞過幾座看起來都一樣的小廟，突然就穿出了大路，看著指示牌「千本通」[30]，那就繼續向北吧。

決定方向後，其實也沒有目的地，看著沿途的小店騎騎停停，有用聞的藥店和麵包店，榻榻米店和機車行是用聽的，還有幾間老房子只能用猜的。不過京都的麵包店還真是多，聽夏希說全日本最愛吃麵包的城市是京都，一點也沒錯。

一個三叉路口的號誌把我停下了，在仍未確定目的地的情況下，我選擇了右拐，因為看到了一個名字比較熟悉的神社標誌。有神明的指引總是沒錯的。

才一右轉就看到了神社大門，從大門望入還見不到神社，看來這廟挺大的。為了表示尊重，我下車悠悠推行，看著入口旁的停車場邊上有不少人，既不像是旅遊團，也還不到參拜的位置。我順勢停好腳踏車，便加入了人潮。

參道上的人群阻擋了我的視線，還沒了解大家聚集的目的時，我已經被炭烤丸子的香氣給吸引了。原來參道邊上有兩家人氣烤丸子店，看著暖簾上的店名，貌似聽夏希的外婆說過。

順著人潮，看著店內的大媽一大把串好的丸子就往炭爐上放。與其說是丸子，其實形狀比較像麵疙瘩，或是說捏失敗的丸子也比較好理解。我擠著人潮看，都忘了要先找位子坐。看著那大媽又是翻烤著串丸子，又忙著招呼客人，我忽然發現門口邊上還有個座位，立馬搶下，其實路邊風還是有點冷，難怪沒人跟我爭。

「麻煩就一樣的一份。」我指著店內客人的桌上，要了一份一樣的，心想這肯定錯不了的。

「套餐是嗎？」另一個大媽邊忙著收錢，邊接我的單。

「是……是的。」不是很確定，但也來不及了。

其實這烤丸子叫做「あぶり餅」（aburi moji）。看著桌上的菜單才了解到，也就是把我看來捏失敗的糯米糰串在竹籤上用炭火烤，烤好後，再淋上帶醬油味的甜味噌祕製醬料。有的可能因為大媽顧講話烤焦了點，甜鹹交錯還帶點燒焦苦味，配口茶剛好。

參道上就這兩家在賣，選這家也只是剛好看到有位子，等烤丸子的時間，看著門口的介紹才知道這家店已經有一千年了。真希望大媽用的祕製醬料不是也放了一千年。
兩口茶的時間，烤串丸子已送上來了。點餐的時候也沒注意一份有幾串，上來一盤就是一把，細數一下有十一串！納尼？怎麼不是十串好算一點，或是十二串一打也好記。難道是算錯了，多給一串？仔細想想，即使是神社也不可能這麼好心，記得外婆說過在日本奇數都是吉利的，我想也就是如此吧。

就在咬到第八根串丸子的時候，人群中走來一位穿和服的女性。其實穿著和服來參拜的人很普遍，尤其是在京都。當然其中可能有一半都是花個四、五千租一套來Cosplay的外國旅客，就算是當地人，也都是較年長的女性。可是從遠處慢慢靠近，擁有白、高、瘦特色的京美女，讓我看得差點把丸子串到鼻孔。
深藍底紋的和服，配著一看就價值不菲的西陣織腰帶，纖細的手指握著一個布織錢包，說是來參拜的，應該比較像去喝喜酒。
和服女停在我面前七尺的距離，向我點了個頭，我沒注意到第八串烤丸子的千年祕醬已經滴到我的千鳥格褲上了。和服女又進了兩步，還補了一個微笑，我這時才認出是冬實。
「哈囉！王桑。」冬實來了個洋式招呼。

「哈……哈……囉。」我的洋比較抖。

「王桑怎麼會在這裡吃烤丸子呢？」冬實邊說著，邊從那奢華西陣織的腰帶裡拿出了一條粉色的棉質手帕，手帕夾在她纖細的手指中，非常好看。冬實順手拿著手帕拭走了我千鳥格褲上的千年祕醬。

「就……隨便逛逛……逛逛……」我帶點害羞地把雙腳收緊，就怕冬實的手帕擦錯地方。

「看來要找王桑還真是容易，只要有好吃東西的地方就一定能找到。」說畢，她順勢坐在我的邊上。

「冬實桑也是來吃丸子的嗎？」我順手拿了一串給她。

「我是來參拜的。」冬實用她那纖細的食指指了指北面的神社。

「穿這麼漂亮來拜拜……喔。」我越講越小聲。

「哇，我今天漂亮嗎？真高興！被王桑稱讚了。」我的稱讚是真的，冬實的京都話我就不確定了。

「這裡叫做今宮神社，有一千多年的歷史了，原本是一條天皇為了保佑人民除災避疫所建的神社，在我們西陣很有名的。」冬實說著，又拿起一串丸子吃起來。

「那冬實桑今天來參拜是為了前兩天的火災嗎？」我看冬實吃得快，趕緊搶了最後一串。

「不是。嘻！我是來求姻緣的。」冬實看沒丸子了，拿起我喝過的綠茶乾杯。

「蛤？管災害，還管姻緣？」我就說迷信都是不靠譜的。

「在以前，我們西陣有一位賣菜家的女兒很漂亮，叫做阿玉。後來被德川家光，也就是第三代將軍看上了，娶了做側室，成了桂昌院，後來還生了個兒子為第五代將軍德川綱吉。所以神社裡有個玉の輿（たまのこし）御守非常受歡迎，像是可以幫助嫁入好人家的符。王桑，你看，我剛才也求了一個。」冬實從那奢華的腰帶裡，又拿出了一個御守向我展示。

「這裡求姻緣有用嗎？」綠茶被乾掉了，我只能自吞了一口口水。

「嘻，當然有用呀！不然怎麼會馬上遇到王桑。」這一說，我忽然答不出話了，立馬起身去付錢。

「王桑，有去過妖怪街嗎？」冬實還帶著一個鬼臉，可愛極了。

「蛤？妖怪街？」心想莫非冬實要跟我說她是個女妖不成。

北山時雨

きたやましぐれ

「在一條通那邊，有一條商店街是以妖怪為主題來吸引觀光客的，而且還有很多好吃的老鋪喲。」冬實果然是聰明的，知道一說到吃的，我肯定會睜大眼。

「是嗎？那下次可以去逛逛。」我回得有點敷衍。

「擇日不如撞日，我們現在去吧！」說完，她便拉著我的手站了起來。

「等等，我是騎腳踏車來的，可能……不……太方便。」我看著冬實那華麗的和服，低聲說著。

「太好了，我可以坐在後座兜風了。」她說著把我的手拉得更緊了。

「蛤？這破車怎麼載人呀？」我趕緊推出從老町家挖出的寶藏單車展示給冬實看。

「哇！我大概高中畢業後就沒讓人騎車載過了。」才邊說，她就已經側坐在後座。

我最後一次騎車載人大概也是高中時代了，說著都是青春的故事。看著已經坐穩的冬實，也不知哪來的勇氣，我推了兩步就騎上去。冬實不重，但是車胎有點軟，我一開始踩得有點吃力，畢竟也是有點年紀了。瞬時，冬實雙手摟緊了我的腰，我忍住害羞等驚嚇沒叫出來，但是忽然的腎上腺素轉換成了動力，那青春復活的單車就開始飛馳在京都的大街。

時速雖然不快，但是原本迎車吹來的寒刺風卻慢慢轉化成春風。一個大叔踩著一輛老爺單車，後座還載了個和服京美女，這風景引來不少路人的眼光。側身看著大街上玻璃櫥窗反射我們倆的身影，彷彿青春電影裡才看得見的光影。我越踩越奮力，被摟著的腰也越緊。

「好舒服！好開心喲！」冬實在後座大喊著，像似在抒發積存已久的壓力。

「到了嗎？到了嗎？左轉？還是右邊？」我被冬實指揮得團團轉，她就像個惡劣的計程車司機一樣，無止境地在繞路，貌似享受這片刻。我雖然也已經氣喘如牛，但是那一陣貼緊的摟腰竟比藍色小藥丸還給力。

「前面路口到了喲。」冬實小聲地說。

看到前面步行街的指示，我想也是目的地了。我在路口停了下來，打算邊走邊推車，畢竟是在商店街。但是摟在腰上的手似乎還沒放開，雖已停了車，可是大概有那麼七、八個春夏秋冬的時間，雙方都沒有說話。

「到了喲。」我打破寂靜，小聲地說。

「喔……」腰上的雙手才慢慢地鬆開。

冬實緩緩下了車後，輕拍了幾下和服裙邊，剛才兜風吹散了她耳邊的少許髮絲，她輕輕地把髮絲撥回耳後，一位氣質出眾的京美女又回復在眼前了。我也有少許的後悔，應該再繞點路。

「這條商店街又稱為妖怪街，是傳說以前大家丟掉的骨董、家具還有工具，因為不滿被捨棄，所以變成妖怪來報復。當然這都是傳說啦，可能是希望大家要珍惜物品，不要喜新厭舊。所以王桑不可以把我丟棄，不然我也會變成妖怪來報復你。」她邊說還邊扮妖怪臉，不過那清秀的臉要怎麼嚇人呢？

「蛤？怎麼，想嚇我呀？」我也配合搞笑地比了個十字架想驅魔。不過後來想想十字架是對付吸血鬼的，應該對日本鬼無效，早知道剛才也應該先去求個符。

「來來，王桑，帶你去吃個好吃的。」冬實忽然拉著我的手，害我差一點把另一隻推著車的手給鬆開。

「這家麵包店我從小吃到大，嘻！應該經營有一百年了吧。」她說著就拉著我推了門進店，我只好把單車靠在街邊。

玻璃櫥窗還貼著有點斑駁的店名，「大正製麵包所」[31]，應該就是大正時期開的吧，那是有百年了。連店內的空氣聞起來都很有年代感，幾個大媽年紀的工作人員，肯定不到百歲，不然真的都是妖怪了。

「我最喜歡這個咖哩麵包了，以前放學都會過來買，我一次可以吃三個喲。」吃三個還這麼瘦，我看冬實真有可能是妖怪。

當我還在研究妖怪是否出沒時，冬實已經拿了一大盤麵包準備付錢，本想逞英雄搶埋單，就看到她緩緩地從那高貴的西陣織腰帶裡，拿出布織的錢包。原來剛才騎車時，她把錢包藏在腰帶裡，所以雙手才能給我那青春的摟腰。

不過和服的腰帶裡也裝太多東西了吧。

29 壞心眼石：一般京都人在自家房子轉角處故意安置的石頭，防止汽車不小心撞到自家建築物。
30 千本通：一條貫穿京都南北的重要道路。
31 大正製麵包所：著名傳統麵包店。

山蔭神社

雖說答應跟春奈逛廟的這件事也是頭痛，不過想想是廟，不是什麼百貨公司，不然還真容易被誤會是哪個怪叔叔誘拐了小姑娘。尤其日本最近還滿流行所謂的「爸爸活」，就是像我們這種貌似猥瑣的大叔，在網路上付錢給年輕小姑娘，約出來一起吃個飯、喝個咖啡、唱個小歌，就像談場小戀愛一樣，或是滿足自己的女兒不願撒嬌陪伴的空虛心情。雖說也不是幹什麼壞事或違法，但是在道德上好像就不允許。想著自己也有點小擔心，不會到時被抓去交番[32]拷問吧？好險我還認識她母親，應該會幫忙解釋。想著想著自己都笑了。哪來那麼多擔心？也就是去拜拜呀。

京都是少數廟比便利店多的城市，不管是佛教的「寺」，還是日本神教的「神社」，大家各自都有奉祀的對象。身為台灣人的我自然對佛教不陌生，但是這個日本「神社」就涉及太廣了，結緣、健康、財富、求學、產子……只有你想不到的，沒有求不到的。所以在這作為廟宇大本營的京都，有個管料理的神社也就不奇怪。拜完還有個管「酒」的，剛好可以擺一桌了。

準時一向是我的優點，不過到達參道前時，就已經看到一位美少女站在鳥居前了。比較令我驚訝的是，今天完全看不見有美少女的身影，可能說是澀谷街頭的時髦女性比較合適。首先替代馬尾的是黑黝的微捲長髮，One-piece 的連身裙，搭著黑色毛呢外套，配上白皙的酷酷臉，還真有點像演員小松菜奈。要說有露出馬腳的年齡破綻，應該是那有小貓圖案的粉色圍巾。說是去拜拜，我看比較像去唱ＫＴＶ。

不過小朋友對此的虔誠，我是支持的，至少也表示對這份職業的尊敬。這也是為什麼日本的「匠人」精神如此受到世界認同。

走進神社殿堂，就看著春奈醬又拜又鞠躬的，我不配合都不好意思。用習慣線上支付的我忽然發現來拜拜沒帶銅板零錢，這會虧大了，在春奈面前又不能展現得太小氣，硬生生撒了張千圓日幣紙鈔到錢箱。春奈還好奇地問我：「台灣的廟都要給這麼多嗎？」

「心誠就好，心誠就好。」我滴著血回答。

「那王桑求的是什麼呢？」春奈好奇地問。

「大概就是希望能經常吃到美食、美酒吧。」我看連神明也感受到我的敷衍。

「蛤，丟了一千，才求這一點小事？」春奈俏皮地吐槽說。

「我再幫你求一點吧。」才說著，她又丟個銅板拜了起來。

「納尼？這種事也能幫忙嗎？」我對日本神社的萬能開始感到敬佩了。

「吶，你又幫我求了什麼？」說不在意是騙人的，我還是好奇地問了一下。

「吶吶[33]！求什麼呢？是我丟的錢，我才不告訴你呢。」春奈忽然像個小女孩一樣撒起嬌來。

欸，昭和大叔怎麼可能搞定平成小姑娘？

好不容易三拜九叩之後，整個拜神的儀式也算完成了，這應該代表今年的「食運」跟「酒勢」都會順利吧。忽然覺得精氣神也都加滿油，接下來的覓食可以來印證神明了。

「王桑，還有抽籤喲。」春奈忽然拉著我往旁邊提供抽籤的小屋奔去。

我對血型、生肖甚至星座都完全一竅不通，這下居然還要抽籤，更別說什麼公司尾牙還是買個樂透之類的，幸運之神從來跟我都不熟。要說唯一有抽中過什麼，大概就是國中時抽中去當衛生股長，不知道這算什麼運。

神社旁提供抽籤的小屋是自助式的，一籤一百円，當然，我想沒人敢欺騙神明，會自發地投幣。神明說誠實，籤才會準。春奈大概知道我沒零錢了，主動地幫我投了一百円。

籤筒有分男女。雖說不信，但是我還滿喜歡搖籤筒的聲音，看見每個人的搖法不同，聲音也會不一樣，有的人搖起來很有韻律感，有的搖得很著急。像前面一個大叔，搖得很用力，像是公司快破產了，急需神明的贊助支票，不過看他後來看籤的眼神，可能支票的金額與期待的還是有差距。

「如何？如何？給我看一下。」春奈想看我的籤比她自己的還急。

「半凶……」才看到籤頭，我就看不下去，順手就給了比我還興奮的春奈。

其實日本的御神籤跟台灣廟裡的籤差不多，甚至可以說更人性化，或是商業化。首先

北山時雨

きたやましぐれ

是祂把凶吉的等級分了十多級，這像是給「凶」的人留點後路，給「吉」的人加點提醒。而且籤詩大多也會用日本的白話文說明，甚至連流行語有時也看得見。不像台灣的籤，一打開我就想打電話給我初中的國文老師了。

「王桑，不要擔心啦，至少上面說願望要遲一點達成，但還是會達成的呀。」春奈指著其中一條，開始安慰我。

「那你要不要發個 LINE 問一下神明，大概要遲多久？」我有點灰心，但還是開了個小玩笑。

「還有，『緣談』（えんだん）[34]會有挑戰……」春奈越講越小聲。

「挑戰沒關係，我們一起努力吧。」春奈講得好像是自己的事一樣。

「我也不在意啦。那……整體運勢『半凶』有什麼說明嗎？」說不在意，但還是有點好奇。

「籤詩說明是『北山時雨』……」春奈好像也不太懂。

看來我還真要去問我中學的國文老師了。

昏頭又失血過多的我，出了神社下山後，就開始想找個補血糖的地方。不過這個區域算是京都大學的腹地，想在學生商圈裡發現什麼精緻美食是有點困難。

「王桑，我們走回白川吃午飯吧。」春奈看出我的低血糖，提了個建議，只是她沒注意我現在飢餓的程度已經是八級了，不知道還能不能撐到白川。

聽春奈醬建議到白川，其實我也是立刻興奮起來。白川這條小渠，一直都是我在京都最喜歡的地方。這條川其實滿長的，從比叡山流經市區，匯入鴨川。我還自定義這白川從近代美術館開始向南流稱為「上南段」，穿過三條通後到了光照院向西折流，就開始了「下南段」，下南段流經祇園，再流入鴨川。

離開神社，穿過平安神宮就到了白川的上南段。這一帶算是居民區，所以遊客較少，我喜歡在川邊散步，走累了，旁邊常有一些小店可以歇歇。櫻花季時，我都覺得帶任何一個女性來此地求婚一定會成功，當然我不用靠這招。瞬時又喚起當初和夏希的美好時光。

再走遠點就到下南段，那段更是浪漫，尤其再下點小雪，隨便拍都像大片。只是最近遊客實在太多了，往來一些藝妓打扮的遊客，十個有十個都是講標準北京話，拍照還帶剪刀手。

「春奈醬，我帶你去吃『川西』吧。」我靈光一閃。

「好呀，好呀！王桑決定的都好。」邊說，她還開心地勾起我的胳臂，忽然覺得春奈的互動感覺怎麼有點像在談小戀愛一樣。

「川西」這家餐廳的確是開在白川的西邊，不過更重要的原因是它的料理特色很多是來自西方的影響，這也是我想帶春奈來的原因。

店就開在川邊的一間小獨棟的二樓。一樓是一間藝廊，裡面放的是一般人看不懂的藝術品，常常經過都沒看到有客人，藝術品上感覺都是灰。這種店在京都其實還真不少，就是不知道生意好不好。夏希說，京都的藝術界裡「水很深」，很多藝廊都是要有人介紹才能進去的，當然也許賣一件，可以吃三年。

川西的入口要從側邊小巷裡的樓梯上樓。店裡的位子不多，側邊窗戶看出去，剛好是白川兩岸櫻花樹的上半端，櫻花季來時特別美，有點像東京的目黑川，現在只剩乾枯樹枝了。

不過這家店是在京都少數我這個台灣人可以靠臉吃飯的店。很多京都有名的店都不接生客或是外國人，主要是因為一來怕溝通不良，再來怕不會點菜，最後點貴了而有糾紛。

當然主要是川西這家店的老闆和我是舊識，而且有二十多年了。青木先生二十年前在東京著名的五星酒店「西洋銀座」裡，擔任法國餐廳主廚，當時東京還沒有米其林的評鑑，但是青木先生才三十多歲就受到非常高的推崇。可惜可能當時年少得志，沒有把控好，把工作搞砸，太太也離婚了。人生走在十字路口時，還好有前輩的幫忙，青木先生一個人獨自到法國的著名餐廳重新學藝，而我當時剛好從學校畢業，同時也爭取到這家著名的餐廳實習學藝。就是這樣的緣分，我們師出同門，當時還做了室友。過了這麼多年，我們還有保持淡淡的聯繫，不過這次京都的 Long Stay，我還真沒來得及打招呼。

來京都開這家店，也是因為十多年前，青木先生和他現在的老婆一起決定從東京移居到京都。當然也因為青木太太是京都人，老家在京都伏見，產清酒很有名的地方。所以我知道只要來川西，肯定有好吃，也有好喝的。

走進側巷的小路，川西的招牌不是很明顯，只有一塊嵌進牆內的木板上寫著「川西」，也沒有菜單跟營業時間說明，擺明了就是做熟客的，而且最好那些不懂日文的老外與穿和服的假藝妓都別來。這樣的做法，其實這幾年在京都還有點流行。

順著樓梯上樓，樓梯盡頭是一扇矮小的簡潔黑色木門。木門不是自動的，門前還有塊深藍色的暖簾，不知道的人也看不出這家店到底有沒有在經營。門有點緊，推拉開時，還會嘎嘎地響。

「おこしやす。」熟悉的京都腔。

「哇啦（法文Voila）！這不是我小老弟嗎？出現啦！」由於我倆當初在法國共同生活過，所以溝通上總是法文、日文交錯。

「不好意思，久疏問候，青木大哥。」雖說客套，不過這次來京都，剛好在年前的賀年卡中有跟他提到，只是最終沒跟對方確認拜訪時間，還真的是不好意思。

「沒問題，沒問題，來了就好。先坐下。」青木大哥馬上指了指吧檯前的位子，示意要我坐下。

「大哥，不好意思，幫你準備的台灣烏龍茶，今天出門太緊張了，忘在門口。過兩天馬上專程再幫你送過來。」的確，臨時起意，怎麼可能會帶著烏龍茶去拜拜。

「當然呀，帶著女朋友出來約會，怎麼還會記得我。」馬上被酸了一下。

「不是的，不是的，這麼年輕的小姑娘怎麼可能是女朋友。她是青木大哥的同行晚輩，我帶來向您學習的。」我慌張地拚命解釋。

「不是女朋友啦，是情人啦。」搧風加油的春奈還調皮地舉起小拇指。

川西的店不大，也就二十個座位左右，因為就只夫妻倆在經營，溫馨的感覺也是種賣點。來的時候已經過了飯點，店內的客人不多，他們夫妻忙前顧後的，看著都覺得幸福。

「青木桑以前在東京是做法國菜的大廚，也在法國名廚修業過，是你的大大大前輩。今天你有福了，要多認真一點偷師。」我趁青木大哥還忙著送客，小聲交代春奈。

「那……可以拍照嗎？」春奈像個小學生般提問。

「我看攝影都沒問題吧。」春奈顯然已經準備好戰鬥姿勢了。

「哇啦！Mon frère（兄弟），你跟你漂亮的愛人今天想吃什麼？」青木桑看我們在交頭私語，馬上出聲了。

「都說了不是愛人啦。」我低語，但春奈此時故意抱住我的胳臂。你說這是撒嬌，還是開玩笑？我已經有點搞不清了。

「菜就看大哥安排，酒也要麻煩大嫂了。」我趕緊也向青木太太點頭示意。

川西是沒有菜單的，大部分的客人都是衝著青木桑來的，所以對料理相當信任。當然青木桑也不是那種只顧自己展現廚藝的驕傲主廚，更多的是聆聽、觀察、交流及互動來決定食客的期待，如此最後雙方才能得到最高的滿足。不像坊間最近出現許多高級餐廳，自稱是「omakase」（交付主廚決定菜單）的餐飲經營方式，但是自身卻沒有理解清楚「omakase」的意義，還規定客人：只能吃這個，不能喝那個，這個不讓摸，那個不讓看，簡直像吃牢飯一樣，且價格非常昂貴。我都稱這簡直就是「ＳＭの料理」（受虐料理），只能說有錢人的世界可能特別期待刺激的生活。

「王桑，今天先喝點白葡萄酒可以嗎？」青木太太從冰箱拿了一瓶冰鎮過的白葡萄酒過來。

「咦，不是清酒嗎？」我有點沒反應過來。

由於青木太太的老家在京都市區南面的伏見，那裡是全日本著名的清酒產區，生產清酒的酒造都比便利店多，要到那裡散個步都會醉，所以青木太太忽然建議喝葡萄酒，我還真有點驚訝。

「因為我看你大哥在準備的料理，可能這支白葡萄酒比較合適。」說完，她還把酒瓶展示給我看一下。

這種店就是這樣細心地觀察每個細節，然後為顧客推薦合適的餐酒。你真要說，這才是一種用餐的享受。

「京都丹波シャルドネ（Chardonnay，葡萄品種），這是外婆家那裡的葡萄酒呀。」春奈馬上認出了她外婆家的名物。

「哇啦！這是炭烤寒鯛柑橘奶油醬，看來我老婆的酒選得很搭嘛！」青木桑馬上端上了第一道菜，同時還不忘讚揚一下自己老婆選的酒好。

首先，「寒鯛」顧名思義，應該就是冬天的旬魚。青木桑先簡單地將片好的魚片在炭火上低焰微烤，讓魚肉仍保有豐富的油脂和彈性。再加上柑橘及鮮奶油燉煮。在我看來就是前半生的京都海人生，再加晚年的普羅旺斯夕陽。要能如此地搭配烹飪，還真只有青木桑想得到。

「那可是由良みかん（柑橘）喲。」青木桑指著碗裡的橘子果肉說。

「由良みかん也是離外婆家那邊不遠的喲。」連春奈都對這由良みかん很熟悉，我這外國人開始感覺好像被排擠了。

要說起這柑橘，的確大部分的人，也包括我，都認為面朝太平洋的溫暖地區出產的比較有名，尤其像四國的愛媛縣更是日本柑橘的代名詞。然而這由良みかん是產在京都面朝日本海的宮津區域，這我還真是第一次聽說，更別說嚐過。

然而，油脂飽滿的寒鯛夾在清新酸甜的柑橘、溫暖濃郁的鮮奶油中，這樣的口感，我還真是首體驗。再補上一口 Chardonnay 的白葡萄酒，驚豔又滿足。每次來青木桑這，都有新的收穫。

「看王桑吃的樣子，我不用嚐都可以感受到了。」春奈忽然變成我的小迷妹一樣，也不顧著學習，還忙著把我的吃相拍起照來。

「阿……挪……王桑，我可以問一個問題嗎？」春奈忽然靠到我的耳邊，小聲問了一句，還看了一眼青木大哥，就怕被偷聽。

「可以呀。」就想這丫頭又想出什麼詭計。

「王桑可以當我的師父嗎？我想好好向您學習。」雖說講得很小聲，但是我聽得很清楚。

「蛤？我又不是廚師，不需要跟我學吧。應該是向青木桑這樣的前輩學吧。」我被她的無厘頭問得馬上又補了一口酒。

「我只是想跟王桑有師徒關係，在你身邊……」春奈越講越小聲。

「別的關係不行嗎？我們現在也是朋友關係呀！」我答得有點大聲，連青木太太在邊上都看了我一眼。

「那、那，家人關係可不可以？嘻。」口氣忽然變得有點撒嬌。
「蛤……」我瞬間答不出話來，頭像廟鐘一樣被奮力一撞。
春奈說完，也少許地害羞起來。兩人忽然無語，空氣有點僵硬。
難道是我給了什麼錯誤訊息嗎？還是大叔也有回春的時候？瞬間我的臉漲紅了。
「你喝多了嗎？」青木大哥完全不知情地傻傻問了一句。

北山時雨
きたやましぐれ

我們稱愛的人為「愛人」，日本人的「愛人」則是指小三，仔細想，好像也沒有差別。

——男人觀點

32 交番：派出所的意思。

33 「吶」和「吶吶」皆是日本小姑娘撒嬌的典型語助詞。

34 縁談（えんだん）：在求籤裡主要是指姻緣、婚姻等。

北山時雨

きたやましぐれ

誘惑

今天的京都下了今年冬天第一場比較大的雪。我窩在被爐裡擼著貓，經過幾天的相處，阿蘭似乎已經不怕我了，甚至還喜歡對我撒嬌。雖不知阿蘭的主人是誰，但是每天來我家蹭飯好像已經變成固定行程了。

餵完阿蘭，忽然想起自從那天在今宮神社巧遇冬實後，也有好幾天了，這期間，我都沒再去過冬實的店裡。是害羞，還是尷尬？喝著咖啡，想了半天。尤其是那天兜風摟腰的情景到底是什麼意思？是她真的對我有意思嗎？還是我自作多情地想多了？說到底，我這次來京都的目的是想跟前妻復合，怎麼幾杯好酒、幾塊肉，魂就又被勾走了？想想自己的定力太薄弱了。

不過前兩天和夏希的再遇，才分開沒多久，這次見面覺得兩人的距離更遠了，也許是我欲言又止地說不出自己的心意，但或許夏希真的也是走遠了。對感情猶豫不決一直都是我的死穴，這跟要選炸蝦，還是炸豬里肌一樣困難。尤其冬實的出現更是擾亂了我的思緒。

邊想邊走進浴室，利索地刮了鬍子，又上了點髮蠟，套上我最喜歡的紫色花格毛衣。可能有點傻，但這可是薰衣草紫，跟冬實的店名很搭喲，光想著自己都傻笑起來。

在門上套上那只能防貓的鐵環，帶著原本要給夏希沒給成的台灣牛軋糖，我再度徐徐地向冬實的店出發。

「おこしや……す。」冬實看我忽然出現，舌頭稍微打了結。

「阿挪……那天……我——」

一早店裡沒有客人，我帶點小尷尬地走進吧檯，對著冬實才吐沒幾個字，她打斷了我的話。

「先坐著吧，喝點梨子汁。剛好有朋友送了一些丹後梨。」

我兩腿併攏正坐在吧檯前，看冬實削梨。望著她那認真的樣子，腦海裡又出現許多那天晚上的場景。我靜靜地欣賞她，不敢出聲，只是偶爾有幾秒鐘的眼神又飄到她的鎖骨。說起來是有點失禮，但自己就是忍不住，尤其是冬實在店裡都是穿著白襯衫，自然地開了兩顆釦子，要讓人不去看那鎖骨還真難。

兩人無語的空氣有點冷，我甚至有點坐立不安了，反覆看著都已經會背的菜單，冬實還是安靜地削著梨。

「早上沒什麼客人呢。」我有點忍不住了。

冬實沒有理我，面無表情地繼續榨著梨子汁。我顯得更尷尬了。

「那天早上——」我鼓起勇氣，想問那張紙條的事。

「嗨。請用我們日本第一的京都丹後梨子汁。」冬實打斷我的話，把一大杯梨子汁擺在我面前，還用點俏皮的口吻介紹這款梨。

我緊張得一下子抿了一大口。

「如何？好喝吧？這算是王桑那天讓我借宿的回禮吧。」高EQ的冬實果然一下子把尷尬的氣氛給暖和了。

我也真是個沒用的大叔，這麼一杯梨子汁就給搞定了。不過這梨子汁還真的好喝。

「王桑，這幾天在京都，有去哪裡走走嗎？」不愧是冬實，完美地把話題轉移到別處。

「也就幾個老地方舊地重遊，畢竟京都我也算熟了。不過走走神社、拜拜寺廟，我還滿喜歡的。」的確來京都有幾十次了，已經到不用ＧＰＳ都不會迷路的境界。

「沒想到王桑也相信神佛呀？」冬實對於我喜歡寺廟、神社有點驚訝。

「也不是啦，只是對有歷史的建築都喜歡欣賞而已。像清水寺那舞台建築，我每次看都有新的收穫。」其實我也沒有什麼信仰，可能已經是大叔了，對老東西都比較有興趣。

「原來如此。那王桑肯定也去了地主神社吧？一定有新的緣分要來了喲。」冬實俏皮地說。

那不就是在說你嗎？我心裡想著。

地主神社就挨著清水寺的後面，是有名的求姻緣神社，而且是世界知名，我看那賣結緣符的都應該快上市了吧。

「是呀。每次來京都都認識了很多新朋友，真是個結緣寶地。」我真是個不會聊天的寶叔啊。

「王桑喜歡吃螃蟹嗎？」冬實忽然冒出一個新的話題。

螃蟹，這可是世界上少數我願意用生命去交換的美食呀！從北海道的帝王蟹、鱈場蟹，北陸的加能蟹、福井的越前蟹、兵庫的香住蟹、城崎的松葉蟹、鳥取的紅楚蟹……

我還可以一路講到沖繩，日本的螃蟹，多年來我從沒少吃過。螃蟹、清酒、溫泉，這是我每年冬天來日本最重要的功課了。當然如果還有美女相伴更好。光用想的，我都可以流口水了。

雖然嘴裡喝著梨子汁，但滿腦子都是螃蟹，只是視線偶爾又飄到冬實的鎖骨。這個時候殺出這個話題，不知道冬實又在打什麼算盤。

「螃蟹可是最不會背叛我的盟友了，我可是『大喜歡』呀。」雖然被問得有點沒底，但我還是熱情地表達我對螃蟹的友誼，同時也讓聊天的氣氛溫和一點。

「那王桑有聽過『間人蟹』嗎？」冬實順手幫我沖了杯咖啡，同時又問我螃蟹的話題。我很喜歡看冬實沖咖啡的樣子，有點認真、很專注，也很沉浸在注水的過程。看她很有韻律感地搖著水壺注水，看著都覺得咖啡香，但是最後眼神還是又飄到鎖骨。

「賤人？奸人？間人嗎？……間人蟹呀！聽過，聽過！」腦海裡馬上從鎖骨拉回到螃蟹。

我又頓了幾秒，才想起冬實提的「間人蟹」，傳說中的幻之蟹，每年冬天，在丹後半島的間人港，開禁後，只有五艘允許捕撈的漁船。限量中的限量，夢幻中的夢幻螃蟹。只聞其名，未嚐其味。想到這螃蟹，整個人都醒了，但是冬實怎麼忽然提到呢？

「間人蟹是我們京都很少見的螃蟹，每年捕獲的都不多。在間人港，我父母有認識的餐廳提供間人蟹，現在剛好是季節，就想問問王桑有沒有興趣陪我去品嘗一下。」冬實雖然話說得輕鬆，但她肯定知道這點戳到我的穴了，而且是死穴。看來我完全被冬實掌控在指間。

「間人蟹嗎？現在出發嗎？要搭火車，還是坐船嗎？」我已經有點語無倫次了。

「過兩天啦，今天我還要顧店呢。」冬實嘴角輕輕地發出勝利的微笑。

北山時雨

きたやましぐれ

男人對誘惑的抵抗力都很薄弱的，尤其是有過甜頭經驗後，然後會毫無抵抗跟保留地全力付出，直到無路可走，不然永不回頭。——語自〜不回頭的王桑

香油錢

雖說此行應該算是我在京都的一次 Long Stay 了，戶籍是沒入，但是好歹也算臨時居民吧。尤其北野及西陣這片區域是非常典型的京都在地居民區，別說是外國遊客了，連外縣市的日本人也不常出現。

在這傳統居民區裡，唯一能排上景點的應該就是北野天滿宮。雖然已過了追求功名的年紀，但是來到人家的地盤，好歹也該去拜個碼頭。光靠巷子裡的土地公是不夠的，想著就準備動身了，腦海裡還同時盤算著天滿宮附近應該有些好吃的，總是想一網打盡。

其實北野天滿宮，我年輕當背包客時也來過。那時資訊不豐富，原本是想來看著名的跳蚤市場，但是時間沒搞清楚，撲了個空。不過當時帶著虔誠的心參拜，專門護佑功名及學習的北野天滿宮也算在我人生奮鬥上推了一把。即使現在沒打算再追求功名，這次就算是還願好了，或者再請示一下姻緣的部分——想著自己都笑了，所以說人類的欲望是永無止境的。

北野天滿宮的梅花很有名，也許在外國人眼裡很難與京都櫻花排上名，不過因為是剛好開花的季節，宮內的遊客還是不少。想起上次在山陰神社的窘境，這次聰明了，口袋滿滿一包硬幣，連走路時都感覺被裝了硬幣的右口袋把腰給彎了。機智的我立刻把手機插入左邊的口袋，看似平衡，但是褲子卻一直往下溜。不過有了滿袋硬幣，看來今天許願可以許到下輩子了。

先搖繩鈴，兩三拍，兩三拜，再兩三拍。其實每次來日本的廟或神社，怎麼拜都搞不大清楚，總是找個資深的歐巴桑跟在後面，丟完香油錢後，就有樣學樣地模仿著。雖說心誠則靈，重點是香油錢要夠。

拜完後轉身，身後兩個遊客看似也正在為沒有銅板苦惱。

「蛤？我只有十円的可以嗎？」「厚！太少了吧，很丟臉捏。」一聽就是我親愛的台灣同胞。

兩個年輕的女性背包客，用聽的就知道是可愛的台妹。雙肩包、牛仔褲、白球鞋搭毛線帽，手裡同時拿著手機加旅遊指南，典型台灣年輕人自助旅行的裝扮，讓我想起自己年輕時也有過的美好時光。

「來，我有一百的啦，按呢誠意就夠了啦。」我客氣地拿出兩枚百円硬幣，同時用著雙方都熟悉的台灣腔。

兩個女孩先是愣了兩秒，然後互看一下。

「不行啦，這樣不可以啦。沒關係，我們等一下換了錢再來。」台灣人客氣是應該的，但是更可能是被我這忽然出現的台灣大叔嚇到了吧。

「沒關係啦，我也算做功德。」我直接把銅板硬塞過去，然後帥氣地轉身離開。

雖沒回頭看到那兩位妹妹感動的眼神，但是我想神明會看到的。也不知道是哪來的自信，不過也許就是台灣「人間佛教」的文化傳承，讓人覺得只要幫助他人就是一種功德，對自己、對社會都有提升和幫助。

做完功德，走出參道，感覺人都飄了，覺得用兩百円得到的成就可以飄一整天。

飄出天滿宮，飄出上七軒，開始想找個好吃的店著陸。雖說北野這邊並不是什麼人氣景區，但也就是因為是當地的居民區，所以老鋪特別多。其實要在京都找間百年老鋪並不難，難的是百年之後仍沒被遊客帶偏，持續保持傳統味道，這才是難得。不過這在北野也不稀奇。我完全沒思考就先想到「澤屋」。

從天滿宮南門走出到路口，就看到路對面的店招了。澤屋是做和菓子的店，主打「粟餅」。要說它有多特別，我也不好說，但是來天滿宮就必須同時也嚐兩口，就好像是套餐一樣。即便我也來了很多次，如果沒吃過再走，就像拜神不誠心一樣。

之前來，大多是買了外帶吃。難得早上看店裡的人不多，心想還可以順便喝杯抹茶吧。店裡的套餐都有含抹茶，只是粟餅分三個或五個，店內位子也不多，我挑了一個比較裡面的位子，就怕等會人多吵嘈。

澤屋的粟餅有兩種，一種是外裹紅豆餡的，另一個是外裹黃豆粉的。按照我米其林的吃法是應該先吃裹黃豆粉的，再吃紅豆餡的。但是套餐「白梅」配的是兩紅一黃（兩紅豆、一黃豆粉），這下就苦惱了。先吃完黃豆粉後，要連吃兩顆裹紅豆的，肯定容易膩；反之，黃豆粉的容易被紅豆餡的味道蓋過。糾結了許久後，我決定採取先半黃再一紅，然後再重複一次。拜過神後，腦子果然比較聰明。

「欸……剛剛借給我們的兩百円……」兩個雙肩包妹妹忽然出現在我的桌邊。

「蛤？怎麼知道我在吃栗餅……」我環顧四周想著，我是還在飄嗎？
「沒有啦，我們也是剛好來吃栗餅。」其中比較高的妹妹有點不好意思地說。
「剛好看到好像是您，就……這栗餅很有名吧？我們也是在網路上看到的。」旁邊稍胖的妹妹補了一句。
「是滿有名的啦，重點也是好吃。」到底是來還錢，還是來問路的？
「那……那……哪一個比較好吃？」似乎完全已經忘了要還錢了。
「白梅是一黃兩紅，紅梅是兩紅三黃，都有配抹茶啦。」真把我當店員了。
聽我說完，兩人先是低聲交流了一下，然後高個妹妹留下看行李，胖胖妹妹拿著錢包直奔櫃檯點單。
「不好意思，那我們可以一起跟您坐一桌嗎？」高個妹抱著行李，跟我點了個頭說。
「當然可以呀。」都站在面前了，我要怎麼拒絕。
看她們大包小包的，貌似全部家當都帶著在旅行。我想起自己也有過那麼幾段自助旅行的美好回憶，而且這種旅行還真只有年輕的時候才做得到。換作是現在大叔的我，一怕寂寞二怕累，最好還能躺著有人餵。
「剛才謝謝您的零錢，我剛剛也順便幫您埋單了。謝謝您。」胖妹妹端著一套「紅梅」

套餐放上桌。

「蛤，這怎麼可以？這栗餅比較貴吧。」台灣妹妹果然是客氣的，不過這不就壞了我的功德。

「應該的啦。要不是您剛才的零錢，厚！我們可能都要丟一千的了。」這讓我想起之前在山蔭神社的窘境。

「你們旅行也不容易吧，我怎麼可以讓你們破費。」看著她們兩人只點了一份套餐，雖說「紅梅」有兩黃三紅，較多的栗餅，但是抹茶只有一杯。

「不會啦。這次也是很好的體驗，至少我們學會了下次拜拜要帶零錢。」這個經驗可是踏著我們先人的鮮血學到的，相信你們會記得。

原來這兩個來自台灣的妹妹還是大學生，趁著寒假來日本自助旅行。京阪神六天五夜，看她們給我看的行程，計畫寫得滿滿的，一次就要玩得夠本一樣，看似趕路累，不過也樂在其中。想起以前我念書的時候，好不容易辦個社團迎新的福隆露營三天兩夜，但是後來有學妹反映她媽媽說：「三天可以，兩夜不行。」時代果然進步了。

「厚，請問一下，那這附近還有其他好吃的甜點嗎？」胖妹妹一看就是跟我一樣的吃貨，而且還是「甘黨」[35]派的。

「厚，你們算問對人了，這後面的巷子裡還有一家『中村』，是專門做紅豆餡的。走回天滿宮再右轉，有一家叫『老松』是走高檔路線的，它的『香果餅』可以買回去送人。」我補了一口抹茶，繼續說：

「如果喜歡吃蕨餅（わらび餅）的話，你看斜對面的巷子進去，有家叫『煉屋八兵衛』，不過要快點，它賣完就關了。還有要進巷子前的那家豆腐店有『豆乳霜淇淋』，也很特別，不過不要邊走邊吃，它樓上是有座位的。」我用了兩口氣介紹一遍。人的確是老了，以前都還不用喝抹茶換氣。

就看兩個妹妹又是寫筆記，又是查手機。誰叫我吃人的嘴軟，不過這也應該可以算功德吧。

看她們又是道謝、又是鞠躬的，還跟我交換了聯繫的 LINE，看來這兩天是有準備把我當 Google 了。

倒是道別後，我認真看了一下 LINE 的資料，高個的叫 Lilian，胖妹是 Vivian。典型的菜市場名字。對於東方人取西洋名字這件事，我心裡一直有些不解。雖然年輕時，我也無知地被不同的英文老師取過不同的洋名，結果反而後來到了國外念書時，又堅持用自己的中文名。因為我對每個洋名都有些先入為主的不解。

我發現我周圍的男性熟人，叫 Paul 的一定是胖子，Bob 比較像傻子，Steven 一定會花心，Jack 算誠實，Tom 反應慢，Louis 愛說謊，John 小氣，Ken 悶騷，Phillip 一定會離婚。

當然這些不一定是正確的，可能只是在我的人生過程中的一些印象。

看著 Vivian 的 V 不太像胖子，但是 Lilian 的 L 應該是高個沒錯。

北山時雨

きたやましぐれ

其實前女友「阿蘭」的英文名字也叫 Lilian，但是因為前前女友的英文名是 Liliana，實在怕叫混了，所以就叫「阿蘭」，也是剛好她名字裡有「蘭」。這都是會說夢話的男人的噩夢。

——夢話不停的男人

35 甘黨：喜歡甜食的人群。

穿著 Rainmaker 西裝的男人

想到明天要去吃螃蟹，整晚都很興奮，連泡完澡都忘了喝杯最喜歡的冰啤酒。當然興奮的原因不只是螃蟹，還加上了是跟冬實一起去，光想著鼻血都要流出來了。

打開衣櫃，像個初戀的小姑娘一樣開始挑選著明天要穿的衣服，但是忽然又想起停電那天的事——這會不會是我又自作多情了？還是真正的桃花又來了？傻笑著看鏡子，直到手機的 LINE 出現了一條新訊息。

「明天王桑有時間嗎？外婆和大舅舅想請你去家裡吃飯。」

是夏希。

人生果然不可能太順利，不然就是順利過了頭，就出現亂流。一條短訊迅速讓我冷靜下來。糾結、猶豫、迷惘、困惑，甚至都牙痛了。這已經不是蕎麥麵與烏龍麵間的抉擇了。回想自己是不是玩昏頭，忘了這次來京都的目的，還是我已決定跳出自己解不開的結呢？

我放下手機跟明天打算穿的花格子褲，走進廚房，倒了杯燒酒。先抿了一大口冷靜冷靜，重新好好地分析現在的心情。

「如果是先跟冬實去吃螃蟹，晚上再趕回大舅舅家，來得及嗎？」先盤算了雙贏的可能性。但是單程的火車就要快三個小時，這計算是有點危險。而且如果中途冬實有其他計畫，那這行程就更難了。我開始放棄雙贏的計畫了。

「不過答應冬實在先，如果現在通知她改期，她一定會很失望，甚至覺得我們台灣人都不守信用。我不可以丟台灣人的臉。」自己忽然又拿台灣來墊背，給自己一個無法拒絕的理由。想著都覺得很自私，但是為了生活，誰不是呢？

我常跟自己說，「騙」都只能一次而已，人生沒有誰比誰聰明。老天爺給我這次的挑戰一定是有道理的。與其想雙贏，我不如直來直往，人生就順著走吧。想著都覺得自己好像又變得更聰明了一點。

「明天和朋友約了去海邊吃螃蟹，不知道來不來得及趕回來。不好意思！」我還是決定誠實面對。

「喔，也是。是我不好意思，太晚跟王桑說了。」看來夏希可能也是糾結了許久才決定面對。雙方的處境都差不多。

「不然明天我看看情況再跟你聯絡，我也很希望去看看外婆。」實在是不忍心拒絕，想先留點空間。我是個很難拒絕別人的男人，尤其是對女人，但我沒想到這樣的做法其實會給對方帶來更多困擾。

「沒關係啦，下次再約吧。☺」

夏希其實可能也鬆了口氣。看著手機上那個笑臉是有點尷尬，以前她都還會多發一個愛心，看來大家是走遠了。

躺在被爐裡，絲毫沒有明天要出遊的興奮了，腦海裡浮現了許多夏希失望的臉孔。回想剛剛是不是應該直接拒絕就好，想著還是覺得自己不夠聰明。不知道吃螃蟹對頭腦聰明有沒有幫助呢？

難得出遊前睡得這麼不好，腦海裡的思緒還是很亂，看著牆上被照射到的陽光慢慢明顯了，這才發現已經七點了。跟冬實約的時間是八點，我急忙起身，穿上昨晚丟在鏡子邊的花格子褲，兩分三十秒同步完成洗漱更衣。

也沒顧上大門的套環鎖就奪門而出，出了巷口，大概跑了四十八秒才攔到計程車，看了一下時間，雖然慌張，但還是剛剛好。一大早的京都，可能因為是週末，不多的車，一路也順利。雖然已經收拾好心情，準備迎接我的螃蟹，但腦海中總覺得還有些不自在的情緒，有點像鞋子裡進了沙，又不想脫鞋，但又急著想把沙子抖出。這樣的心情，今天能好好享受螃蟹嗎？

沙還沒抖出來，車站已經到了。

雖然還算很早，但車站前的人潮已經不少。我一直覺得京都站應該是除了東京的火車站外，最忙的車站了吧。除了旅遊的人之外，京都自古也都是重要的交通樞紐，所以從新幹線、特急、在來線和觀光列車全都有，剪票口和月台交錯複雜，早點來是對的。

還沒下車，就看到遠處的伊勢丹百貨門口站著一位端莊的京美人，帶點歐風的呢絨灰色長大衣，露出的小腳穿著細跟的高跟鞋，脖子上還圍了條黑紅相間的格子圍巾，時尚又有品味的形象，比起京都美女，可能更適合說是銀座名媛。不過怎麼看都不像是要去吃螃蟹的，而且手裡還提了個風呂敷的包袱，說是去見爸媽可能更適當。

「早安。讓冬實桑久等了，真不好意思。」我開始也很適應京都的官腔寒暄了。

「哪裡，我也是才剛到。不過想到今天要跟王桑約會，就等不及了。」俏皮的口吻還吃了我豆腐。

「那……我先去買票了。」答不上腔，我趕緊轉移話題。

「我已經買好票了，因為想先帶王桑去別的地方，不好意思，擅自作主了。」冬實順手從包裡拿出兩張火車票，看來她大概是天還沒亮就來了。

「原來如此。那我去買點咖啡跟早餐吧，冬實桑一定也還沒吃吧？」趕緊想找點任務證明一下自己是個男人，其實還沒吃早餐的是自己。

「不好意思，早餐我也已經準備好了。」順手就把那我以為要去拜年的風呂敷包袱向我展示了一下。

「原來如此，真不好意思，那……我們進站吧。」看來我已全被冬實控制住了，唯一能當 Gentleman 的只剩幫忙提包袱了。

帶著小學生準備要去遠足的心情，哪怕今早的京都有點雨，一晚沒睡好的眼圈也有點黑，但是興奮的心情，連呼吸都是香的。就在我已經開始用腳尖跳步進車站時，從遠處一輛黑色的嶄新德系轎車下來一位熟悉身影的女性，一位有點豐滿的女性。

通常這樣的光景不太可能吸引我的注意，尤其是正向彩虹天堂出發的同時。但是那略微豐滿的背影有點熟悉，在京都，我認識的女性不多，腦海裡怎麼篩選都只有一種可能——那個側面一轉身，我就確定了是我還沒承認的前妻夏希。

幫夏希開車門的是一位高眺的俊秀男士，重點是他身著全套 Rainmaker 的西裝。我為什麼會知道？因為這套我也有，只是我的是鐵黑色，而他穿的是淺灰色。那套是夏希幫我挑的，她說我穿淺色會不穩重，黑色比較適合我。

我之所以可以那麼肯定，是因為 Rainmaker 的西裝比較特別，和洋折衷的設計，非常顯眼好記。但是我更在意的是圍在那男士脖子上的紫黑色圍巾，我也有一條相似的，是灰紫色，而且是夏希送我的。怎麼看這男士都像是我的複製品，差別大概只是護照不同，加上他應該算是「升級版」，雖然我不想承認。

這一幕讓我看得有點呆了，一時腦袋空空的，人也呆呆的，就駐足在車站前，遠遠望著他們。原本先走了兩步的冬實也停下腳步，望著我正在望著的方向，冬實沒有叫我，只是靜靜地陪著我望。

穿著 Rainmaker 西裝的男士一手撐著傘，一手細心呵護地扶著夏希下車。夏希瞬時的笑容是我少見的燦爛，即使此時在這陰雨的京都也是耀眼。兩人親密的互動，旁人看來都像熱戀中的情侶。那個像我「升級版」的男人還不時又是輕吻夏希的額頭，又是一個抱抱。離開時，還輕輕地摸了夏希最近發福的微凸小腹。我就一直望著，直到那個穿著 Rainmaker 的男人和他的德系轎車消失在雨中。

「微凸的小腹……」我還是一直矗在原地，腦海裡只剩那「微凸小腹」的畫面，直到……

「時間快到了喲。」冬實拉著我的手就往站裡走。

當女人開始幫男人挑衣打扮時，女人可能一心想把男人裝扮成自己喜歡的樣子，這是因為還不夠喜歡。——還不夠被喜歡的大叔

北山時雨

きたやましぐれ

伊根滿開

火車一路向北有山有雪，可是我的腦海裡還是只有那「微凸的小腹」，直到窗邊的海景開始出現，火車已經駛到日本海的海岸了，海線美景慢慢喚起了我旅遊的好心情。除了海景，坐在身旁的還有位京都大美女冬實。

兩個多小時後，火車停在一個靠海的車站，也是這班火車的終點。我聞著海風，提著冬實的包，緩步下車。

站台上的牌子寫著「天橋立」……這不是日本三大奇景之一嗎？我上次就是跟夏希來的。怎麼瞬間那「微凸的小腹」又出現了。

其實這趟火車之旅兩個多小時，山海風景交錯，美食便當點綴，最重要的是還有美女相伴，這樣的氣氛除了蜜月之旅外，大概也沒更好的了。可是我全程再怎麼飲酒作樂，腦海裡還是一直出現那「微凸的小腹」。

一路上我一直在想，如果用東野圭吾的推理邏輯思考的話，夏希應該是懷孕了。那這時又有另一個問題了：這孩子的爹是誰？難道是我嗎？還是那個穿 Rainmaker 西裝的男人？

但如果是我的——畢竟我們分居也才幾個月，這種可能性是有的——那她還決定跟我離婚是為什麼？而且還隱瞞懷孕，是考慮自己撫養嗎？還是一開始她也沒發現，導致那天我說她發福的事，她扭扭捏捏地含糊帶過，甚至連飯都不跟我吃，或許她自己也還沒想清楚怎麼對我說明。

當然也有可能是那個男人的。以我剛剛目測那微凸的小腹，夏希懷孕應該快六個月了，這麼說，孩子的爹確實有可能是那個男人，而且也應該是夏希跟我離婚的原因——更直白地說，我是被戴綠帽了。雖然這是我最不想相信的事，但是剛剛的那一幕似乎說明了一切。

忽然也想起前幾天跟大舅舅酒敘的時候，他那欲言又止的樣子，的確不像「西陣老爺」平時的風範。莫非他也是知情人士？加上昨天夏希的邀約訊息，莫非也是決定要跟我攤牌的訊息嗎？

東野圭吾的思考邏輯似乎也不夠用了。我反覆回想近半年來，兩人所有的互動細節，試著想發現真相，直到冬實拉著我的手，我似乎才回神。

「走嘍，車子在等了。」冬實拉著我的手就往車站外走去。

等在站外的是一輛阿爾法[36]黑色保母車，車門邊還站著一位西裝筆挺的司機。司機的身材很好，也有點像保鑣，尤其是配合這保母車，加上他始終頭不敢抬太高的態度，好像是在保護我帶著女明星來偷情一樣。司機禮貌地奪走了我和冬實的包，海邊的風有點大，飄著雪雨交錯的空氣特別冷，我們迅速地鑽進貌似五星級酒店的保母車。瞬間的溫暖，讓我又回到旅遊模式。

「等會要去的地方沒有火車，所以我訂了這車。」冬實這一路細心地安排，包括訂了這輛車，我也不覺得意外，只是對她的細心有更多感動。

車子沿著海岸開始一路繼續向北。坐起來很舒服，司機似乎對於我們的行程都很了解，也沒有太多交流，不太像當地旅行社的包車業務。通常那種司機都是當地大叔，喜歡搭話，什麼都可以聊，有時不經意地還會帶點推銷。不過我倒還滿喜歡跟他們交流，除了可以真正地對當地有更多認識，而且一旦聊到我是從台灣來的，話匣子一開肯定停不住。但是這個時候，冬實就更像導遊了。

「我們現在是在丹後半島，也是京都府最北部的地方。你看到右邊的海就是日本海，這個灣叫若峽灣，海產非常富饒，一年四季都有很好吃的海鮮，像現在冬天有牡蠣、比目魚、鮟鱇魚、鰤魚、松葉蟹……」冬實知道只有講到吃的，我的靈魂才能安定。

也就大概半個多小時，保母車駛進了一個海邊小漁港。小港背山面海，還帶個小灣，海邊的腹地不大，所以村落的房子都沿著海岸排列。看似不起眼的小漁港，可能是週末，沿途還是有些遊客的。

「這裡叫伊根町，算是京都府的最北邊了，我們都叫『海の京都』。這裡最有名的就是『舟屋』，你看，所有民家都蓋在海邊，一樓就是自己的船庫，出海便利，自己就住樓上，沿著海邊，所有居民都是一樣。這裡還被政府認定為傳統建築群保存區。」冬實又開始像導遊般向我介紹。

其實「伊根町」的名氣，我早有所聞，電視上的介紹也看過好幾次，只是對我來說，交通上沒那麼便利，所以也遲遲沒有造訪過。今天也是腦海裡一路都在跟東野圭吾腦力激盪，誰知道一陣混亂就到了這。

「大小姐，先停在港口可以嗎？」司機難得地交流，卻只得到冬實的白眼，我開始覺得事有蹊蹺。

冬天的港邊風很大，不過天已晴，雨也停，清澄的海水和著鹹鹹的空氣，聞起來甜甜的。我面朝大海伸了個懶腰，心裡告訴自己，什麼都先別想吧，好好享受今天。

冬實熟門熟路地走向港邊正在作業的船夫，我偷偷地回望剛被白眼的司機，就看他靜靜地站在車邊反省，我看可能他自己也不知道做錯了什麼。

「鰤魚，鰤魚，鰤魚，我今天要吃鰤魚喲！」就看著冬實對著漁夫撒嬌地喊，像小孩討糖吃一般。

「喲，到了呀。魚都準備好了喲，趕快先去餐廳吧。」船邊一位最資深的船夫說。雖說有點上了年紀，但是看他那魁梧的身材還帶個啤酒肚，貌似在說明，這片海都歸他管。

冬實就像當時年輕的我，每每週末混進台北最有人氣的夜店，總是能熟悉地桌桌招呼。這個小港小鎮，瞬間成了冬實的地盤。

走回街上，這小漁村的路就一條，沿海順著山行，路兩旁，一邊看海、一邊面山，沿途看沒幾戶舟屋，就到了一家餐廳門口。這餐廳也是舟屋改的，門口招牌不大，應該都是做熟客。

門口的女將已經在等我們了。冬實又是一副熟客般的跟女將寒暄起來。店的門面不大，進門一個轉角就看到一座實木的長吧檯，客人的座位剛好面海。吧檯內的地面還刻意降下高度，就是為了讓客人不被遮擋地欣賞海景。吧檯不長，六個位子還算寬敞。我們被安排在正中間，看著桌檯上只有兩份餐具，似乎也沒有其他客人了。

才剛坐下，喝了口熱呼呼的焙茶，就看到主廚拎了條魚出來。

「藤澤桑，午安，一直以來都受到你們的照顧，非常感謝。」藤澤是冬實的姓，我一下子沒反應過來。

「這條鰤魚是老爺子今天剛捕獲的，有將近快十公斤喲，特別留給你的。」主廚將手上拎來的魚特別向我們展現一下。

「哇！太好了，很期待喲！」冬實顯得比我還興奮，對我說：「其實每年冬天除了螃蟹，我最期待的就是鰤魚了，尤其今天這條最新鮮，剛捕獲的最美味。剛剛在港邊那漁夫爺爺就是主廚的父親，他們家的魚都是自己捕的。我們今天運氣不錯喲！」看來冬實這老熟客也不是一兩天了。

「日本海這邊的鰤魚特別有名，從富山灣一直到我們這邊的丹後半島都是最好的漁獲。而且吃鰤魚的料理方法也有很多不同，今天那隻有十公斤多，肯定要有不同的料理了。」

聽冬實解說，瞬時覺得我跟她的美食知識差距越來越大了。再這樣下去，我可能會羞愧到跳海自盡，想到立刻覺得要來點反擊。

「那是不是也該來點——」我想點酒應該是我百戰不敗的強項吧。

話未說完，就看到女將已經抱著一瓶一．八升的清酒靠過來。

「京之春，純米原酒，今天比較冷，喝溫的吧。」女將邊說，邊開始忙著溫酒。

「耶！最高！」冬實像個小孩興奮地喊著。真不知道她是真性情，還是考慮我的心情而特別炒熱氣氛。我很清楚京都這裡七七四十九種不同的好吃的魚，但是卻搞不懂面前的這個京都女人在想什麼。

「先來點鰤魚的生魚片吧。」主廚說。率先登場的生魚片六片一份，每片切得像手機一樣厚。通常這種偏白肉的魚應該都是切薄一點，不過主廚說因為鰤魚的肉肥、油質多，厚一點才能體驗到那口感。

「芥末跟醬油當然沒問題，但是也推薦直接蘸點鹽試試。」我正愁如何開戰，主廚馬上給了建議。

在東京也有很多壽司店有鰤魚，不過給人的形象都是可能會帶點泥腥味，所以東京人很少會點。今天來伊根吃鰤魚，其實心中也還是有點小疙瘩，但是看到冬實這麼努力在哄騙我，想著也該給些回饋。

「我先來點鹽味的吧。」持著冒險精神，我大片少鹽的就入口。

「這真是沒道理的好吃！」我不加掩飾地給了個滿分的評價。

「嘿！沒錯吧？」冬實還沒吃就比我 High。

別說沒感受到什麼泥味，那甜鮮的美味，配上滿滿一口大片肉實的口感，細膩的油質讓薄鹽稍稍提了味，這還能有什麼意見？就是沒話說的美味，徹底顛覆了我對鰤魚的印象。真想馬上向東京都知事報告，別再抹黑鰤魚了。

鰤魚下肚後，馬上補了一口溫熱的「京之春」純米酒，酒香味濃。暖暖的酒氣從鼻孔反撲，我頓了兩秒，心想其實人生的美好真的很簡單。

北山時雨

きたやましぐれ

冬實看我滿意的樣子，像是任務完成了，自己也開始享受一口魚、一口酒的獎勵。

「這是熟成後的鰤魚，也可以嚐嚐。」主廚又端了一小碟只有兩片的鰤魚。

「這兩片熟成了快一週，水分散盡，所以味美肉實，是另一種風味。特別給你們嚐嚐。」我一片魚、一口酒，忙得不亦樂乎。

「這瓶京之春是我們當地的酒廠。向井酒造從江戶時代就開始造酒了，也是我們伊根唯一的酒造，杜氏[37]還是一位女性喲，所以酒風特別柔美，和鰤魚應該很搭的。」我只顧著自己滿嘴魚酒，都忽略了女將對酒的介紹。

這時主廚端出一具迷你的移動型瓦斯爐，看來是有大菜要上了。

「出現了！ぶりしゃぶ（鰤魚涮涮鍋），主角上場。」冬實沒等主廚介紹就先劇透。

「伊根這裡可說是ぶりしゃぶ的發源地，要是來了沒吃，那真跟沒來過一樣。」冬實馬上又對我來一番美食知識大轟炸。

端上的小鍋裡除了一片昆布外，就是清水。主廚說鰤魚的鮮甜不需要太多雜味加持，簡單的昆布提味更能凸顯鰤魚的美味。當然用的是羅臼昆布。

說到羅臼昆布，絕對是湯頭之王，產在北海道知床半島南面。由於產期比較短，相對價格也比較高，大部分高級料亭都喜歡用它來調高湯，尤其在京都，很多料理人喜歡特別標榜是用這種昆布做的高湯，不愧是愛面子的京都人。這點知識我倒是熟悉的，但是也不想拿來反擊冬實，我只是對料理長眨了個眼，就算是男人之間的祕密吧。

「只能涮三次喲！」冬實嚴格地監督我。

就這麼一點八秒，我來回涮了三回，魚肉略帶粉紅。第一片我什麼也沒蘸就入口，果然鮮甜又帶點彈性的魚肉很好入口，還沒下肚，我馬上又涮了一片，深怕被人搶了一樣。冬實看我猴急的樣子，似乎笑得更開心。

這時，剛才的漁夫爺爺走進來，手中抓了幾條紅色的魚。

「今天也有ぐじ喲，我等會烤一條大的吧。」漁夫爺爺丟了這句話，就進去廚房。

「這裡還有一種很好吃的魚，叫『丹後ぐじ』，是一種甘鯛，也有人稱為紅鱗魚。這魚很難捕獲，保持新鮮更難，所以一定要在當地才好吃。」忽然覺得冬實可能也做過漁夫這職業。

「老闆娘，今天有『滿開』嗎？」冬實又開始一臉撒嬌地向女將提出要求。

「啊，我怎麼忘了！等一下喔！」老闆娘說著就奪門而出。

鰤魚涮涮鍋還沒消滅，料理長把剛剛他父親捕回來的丹後ぐじ殺完、片完、烤完，帶著烤串針就端了過來。

「新鮮剛烤好的，一定要馬上吃。」料理長徐徐地將烤好的魚片從烤串針取下，放進我面前的小碟。

「今天只用海鹽調味，因為夠新鮮。」料理長還跟我比個讚。

「等一下，酒馬上來了。」冬實制止我，似乎在期待些什麼。

我看著那條丹後ぐじ，從進廚房到我的盤內也不過數十分鐘，烤過的魚皮仍舊紅潤，魚肉看起來就很有彈性，油脂相當豐富，還流了滿碟。這種鮮度，我看跟在海裡直接咬一口也沒差別。

等待的過程是漫長的，我已經不只六次吞嚥口水。冬實看了都不好意思，頻頻跟我敬酒，連料理長也都乾了兩杯。

就在這個時候，聽見餐廳木門拉開的聲音。

「我回來了，久等了。」聽到老闆娘的聲音，瞬時，大家都開始歡呼。可是沒見到老闆娘手裡有酒，倒是牽著一位年輕可愛的胖妹妹進門。

我彷彿已經聽到我的烤魚在說：「快吃了我吧，再不吃就要變一夜干了。」但是驚喜總是在最後。

「Nico醬聽說是冬實醬來了，還帶了男朋友來，說什麼也一定要過來打招呼。」老闆娘邊說，邊趕緊從胖妹妹手裡奪過一瓶酒，再以新幹線的速度開瓶、斟酒，「請慢用。」二十六點八秒一氣呵成。

「納尼？莫非……這是……」老闆娘倒出來的酒是紅色的。我望著酒杯，呼吸也停止了。

「Nico醬，好久不見。」冬實完全沒注意快要窒息的我，跟著剛進門的胖妹妹熱烈地寒暄起來，看來兩人也有一定的交情。

「王桑，這位是向井桑，也是這酒造的杜氏。女性杜氏很少見吧？而且還是這麼年輕、可愛的小妹妹。」老闆娘看出我的疑惑，馬上幫我介紹雙方。

「哪裡，哪裡。我都三十多了，哪叫年輕呀？倒是冬實醬才一直都保持得這麼年輕、漂亮。我們做酒做久了，你看手都粗了。」女杜氏雖然微胖，但那開朗的個性，光看就相信她釀造出的酒也絕對跟她一樣光彩。

北山時雨

きたやましぐれ

「王桑，你別看我們這鄉下的小酒造，Nico醬做的酒可是非常出名，比賽拿獎都拿到手軟。上次世界領袖會議的晚宴還特別指定要喝他們家的酒呢！」被這麼一介紹，我好像真的在網路上看過這新聞。

「沒有啦，酒不重要，我是來看冬實醬的新男友啦。」女杜氏很謙虛，也很機靈，馬上把話題轉到我身上。

向井酒造是伊根這地區唯一的酒造，歷史可以追溯到自江戶時代就開始造酒了。到了Nico醬這代，由於本身是專業出身，特別創新研究了這款叫「滿開」的新概念清酒。「滿開」酒的顏色是紅色，不像葡萄紅酒那樣深紅，比較像是染紅了的清酒，這是因為用了一種日本古米「赤米」，有點像我們的紫米，所以釀造出來的酒是呈現透明紅色的液體。今天也算是百聞不如一見了。

「不是說紅魚就要配紅酒嗎？我們現在就可以開動了。」冬實手肘頂了一下一直看著酒在發呆的我。

果然，略微醇厚的口感，酒香熟順，入口甘甜還帶點微酸，絕對是女性最愛，也是一款相當合適的佐餐酒。別說現烤的丹後ぐじ絕對很搭，明蝦、螃蟹和鮑魚，我看都能通殺。

「吃太飽了，我們去海邊走走吧。」酒足飯飽後，冬實似乎也不急著趕路，反倒建議到海邊走走。

由於伊根的整片海岸線大多造了舟屋，我們又散步走回漁港前的小廣場公園。雨加雪的天氣沒有停止，但我們還是選擇坐在岸邊的板凳上吹吹風，解解酒。

「早上……火車站前那位是她吧？」冬實忽然起了話題。

「……嗯……」的確，早上冬實都看在眼裡了。

「她應該是懷孕了。」冬實說得很肯定。

「蛤，你怎麼知道？」我開始有點緊張。

「我也是女人呀。」我可以確定，冬實的智商肯定高過我十倍。

「怎麼打算？」冬實的口吻怎麼開始有點像我媽。

「我能怎麼打算……」我仰起頭，張開嘴吃了幾口飄雪。

「你來京都不就是為了她嗎？」我媽在教我做人了。

「……嗯……我也不知道了……」這是實話。

「會放棄王桑這麼體貼、溫柔的男人，也真不知道她在想什麼。」我媽開始在安慰我。

「那小孩是王桑的嗎？」冬實鑽到我的痛處了。

「……我……也想知道。」

「那……王桑還愛她嗎？」

我沉默，沒有回答。

「其實我相信她可能像王桑一樣在煩惱著，也在想王桑到底在想什麼。」冬實又開始分析。

「也許你們女人想的都一樣，但是我相信，夏希是不同的。」我居然毫無理由地在幫夏希辯解。

「至少我能理解，被背叛是痛苦的，畢竟我也離過婚。」果然還是有經驗的人更容易理解。

「那……那時，冬實桑是怎麼走出來的？」謙卑學習是我的強項。

「嘻！趕快找到一個像王桑一樣喜歡的人代替呀，嘻！」冬實邊說，邊從地上捏了一個雪球丟向我的背。

我……作勢跌入旁邊的雪堆中，後來一隻有力的男人的手拉了我一把，看來我們那司機小哥在雪中反省了很久。

在往下一站出發的路途上，我們是微醺加爆飽，很容易地就開始打起瞌睡，保母車也慢慢駛離海邊，開始轉入山路，上坡不斷，轉彎也不少，冬實有點順勢就往我身上靠過來。也許是酒精的加持，我也順勢把她摟在懷裡，看著她閉眼的泛紅臉頰，我忍不住在她的額頭親吻了一下，一個像是確認關係的吻。

真不知道我是因為被她的情感打動了，還是純粹想對夏希的行為報復。

男人的報復力雖遠不及女人，尤其是那藕斷絲連又左右為難的判斷力，往往下不了決心，不過一旦決定了，那也會擁有拋棄世界的能力。——感覺被背叛的大叔

36 阿爾法（Alphard）：日本豐田高級休旅車，經常被使用於高級接待。
37 杜氏：製造日本清酒的負責人。

P

間人蟹

我親在冬實額頭上的吻痕還沒消失，車子已經停在一家溫泉旅館前。

「大……已已……經到了。」司機把話吞了回去，緊張地小聲傳達。門口的女將帶著服務人員，已經在門口等候了，這也是典型日本溫泉旅館的陣仗。很多人都無法理解這些又老又舊的旅館往往價格比五星級酒店貴很多，但是仍然吸引許多顧客，尤其是那些上層名流社會的人。我想他們賣的不只是住一晚、吃一頓而已，而是那種把客人捧在手心中呵護的服務。

記得某年冬天下著大雪，我在能登半島上的一家「老、破、小」的溫泉旅社投宿。才被領進房，除了女將親切地詳細介紹房內的設施及布置外，還有另一位服務人員在角落裡以傳統茶道在備茶；茶還沒好，又聽見浴室裡有吹風機的聲音。沒多久，茶妥了，女將也拿了雙剛吹熱的拖鞋進房，說怕我腳冷，就先把拖鞋吹熱了。這簡直就是織田信長的待遇吧。從此我也迷上這種老、破、小的溫泉酒店。

我原以為還在酣睡的冬實，一看到女將便熟悉地下車，衝向前去擁抱及寒暄。我瞄了一眼緊張的司機，四眼才對視，他驚慌地立即跑向車尾，作勢幫忙提行李。

冬實並沒有幫我介紹女將，女將也只向我點了頭，繼續挽著冬實進屋。另一位服務人員沒多問，也是引導著我進屋，整個流程似乎大家都走過數十遍了，對於我的存在絲毫沒有任何特別的關注。對此，我不疑有他，倒是對於冬實剛剛忽睡忽醒的能力比較驚訝。

旅館建在離海不過百米的山腰上，站在門口就已經可以一覽大海。旅館外觀雖說老舊，不過看得出近幾年來應該是有改裝過，維護得也很好。以我睡過無數旅店的經驗，加上期待的間人蟹大餐，我開始有點擔心，不知道他們收不收 Visa 卡。

進屋後的大堂不大，要先脫鞋，服務人員跪著幫我們換鞋。好險知道今天要跟美女約會，不敢穿腳趾有破洞的襪子來。記得我那懷了孕沒跟我說的前妻夏希曾告訴我，日本女人判斷男人是不是大叔的徵兆：會穿破洞襪子的排第四；第三是會把用到快沒的香皂跟新的合在一起繼續用；榜眼是撕開優格蓋時，會先舔一下附著在蓋上的殘留優格。而冠軍絕對是開始穿有鬆緊腰帶褲的大叔了。這個排行榜，我可是已經刺青在背上當座右銘。

女將沒有帶我們進餐廳，而是繼續與冬實有說有笑地上了二樓。我們進了走廊最末端的一個房間——這是角間，有著雙面的落地窗及包含一個戶外泡池的庭院露台。面對無敵海景，我想，在這樣的包廂裡用餐也是奢華，只是為何用餐的包廂裡，有露台泡池？

我對冬實今天的安排，疑惑越來越多。難道是因為我滿腦還圍繞著那「微凸的小腹」。但我剛剛在車上那吻，不就是確定關係的吻嗎？我到底在藕斷絲連，還是左右為難什麼？好像自己也想不清楚了。

「這家旅館都是在房內用餐的。」機靈的冬實看出我的疑惑，馬上笑著對我說。

果然是我想多了。那個吻是關心的吻，這個房是吃飯的房，螃蟹還是螃蟹，那個「微凸的小腹」也有可能真是胖。我試著說服自己。

房間的露台是朝西和朝南，雖說冬天天黑得快，不過遠處還剩半個太陽在海平面浮著，也是美麗。

「王桑，飯前要不要先泡個湯？」冬實露出可以殺死人的微笑。

「湯……這……裡？」被忽然一問，我有點結巴，同時還望了一眼露台。

「樓下還有個大浴池啦，也是面海的喲。」這個殺人的微笑又補了一刀。

「啊，大浴池呀？當然，當然，肯定要泡的。」我鬆了半顆心，也碎了半顆。

「泡完，還有這裡有名的丹後牛奶喲。」冬實抱起店裡幫她準備的浴衣及毛巾，半走半跳地下樓去了。

「其實這裡也可以泡嘛。」只剩一張嘴的大叔在ＯＳ。

通常這種溫泉旅館都會在房間裡幫客人準備好泡完湯要穿的浴衣，而且男、女，大、中、小都會預留。更高級一點的旅館的仲居[38]在引導客人入房後，就會目測客人的體型，馬上準備合適尺寸的浴衣。最高境界的還會看客人的獨特需求做準備。例如戴眼鏡的，就準備眼鏡盒和擦布，這通常是戴眼鏡者泡湯的困擾；接待長髮飄逸的女客人，會準備髮夾、髮帽與髮箍，特別是鯊魚夾，長頭髮的人都懂。我稱這種「預期客人需求的服務」乃服務之最高境界。

樓下的大露天泡池是男女分開的，入池的時候，那半顆太陽已沉沒，一片漆黑的海景讓我有點敷衍地完成泡湯儀式。出湯後，喝著沒有水果的丹後水果牛奶，極力提醒自己有螃蟹在等我，希望心情能再振奮一點，可是腦海裡還是一直出現那「微凸的小腹」。

可能也是因為慢慢融入日本文化了，泡完湯後喝點冰的，好像是一種必要的儀式，真不知道是誰發明的。不過泡過日本一都一道二府四十三縣各個名湯的我，也發現各地有不同的湯後冰飲文化。喝啤酒是大叔特色。我在山裡泡過吃冰棒的。喝牛奶大概是主力，而且咖啡牛奶才是王道。比較有趣的是有次跟一群台日大叔在東北的山裡，下著大雪，七、八個大叔在雪中的露天泡池圍成一個圈圈，圈圈裡還放著一個木桶，桶中是滿滿碎冰和清酒。零下五度的氣溫，配上四十二度的泉溫，乾杯是冰鎮的大吟釀[39]，在池裡快中風的是我。

今天雖然沒有泡得中風，但是整天山裡海裡地轉，泡完的確是比較清醒了。回到房裡，餐桌果然已經備好，華麗的前菜也都已經上桌，溫泉旅館典型的懷石料理陣仗，我的心情也開始有點亢奮。

房裡沒見到冬實，可以理解女孩子總是需要多一點時間梳妝打扮。想起上次冬實在停電時去我那借宿，浴後那白裡透紅的鎖骨露在浴衣外的情景馬上又浮現腦海，鼻孔微微地出血，真不知是因為螃蟹，還是冬實。

女將見我獨自一人，馬上湊了過來。禮貌的寒暄是可以理解的，不過開始有點徵信社的口吻時，我也戒備起來。

「聽說王桑是剛搬到我們京都這裡是嗎？那認識我們冬實醬多久了？目前單身嗎？台灣的家人還有哪些呢？是上班族，還是做生意呢……」我越看，這女將越像間諜川島芳子，想當初老哥我也混過十里洋場的，哪那麼簡單會被你收拾了。

「啊，好舒服呀！喔，你們也聊得很開心嘛。」冬實手拿著還剩半瓶沒有水果的水果牛奶走進房。

「回來了呀？那我先去準備啤酒吧。」川島芳子明顯心虛，藉口離席了。

「哇！Kingdom[40]？我要白的，那給王桑煙燻的好了。」冬實像是給了什麼暗語一樣。

「嗨，嗨。」女將似乎對這暗語也相當熟悉。

兩個女人的暗語交流，我還沒喝就有點暈了。

「Kingdom 是當地的啤酒，有很多口味，我幫王桑挑的是有煙燻味，適合男子漢的，

北山時雨

きたやましぐれ

嘻！」冬實看我一臉疑惑，還捉弄我一下。

「剛才女將是不是一直想打聽王桑的事？」冬實順手拿起一隻生的蟹腳給我。

生吃的蟹腳在我人生「死前最想吃的東西」清單裡，從沒離開過前十名。雖說螃蟹可以三吃或是五吃，多點銀子要七吃都可以。但是生吃這件事，我是絕不鬆手，甚至還有點講究。

首先，料理人會幫你把蟹腳殼切開，然後在蟹腿肉上輕微地七砍八剁，再放進冰水裡，就會呈現像花芯般的綻開，這個目的一是美觀，二是讓肉質能更Q彈。不過這點小花招，我倒不是那麼支持，因為綻開的蟹肉更容易蘸上多量的醬油或蘸汁，而降低了品嘗原味的甜美。而我就是原味黨的，所以將整隻蟹腳肉滿滿塞進嘴，那原味又Q彈的口感讓我忙著擦鼻血。

記得有一次在石川縣能登半島的一個小漁村，一樣是吃著螃蟹、喝著酒。而我也一貫如初地保持原味黨的忠誠。不料店家老闆拿了杯像白開水的液體，示意我蘸著吃，勇於嘗試的我將蟹肉滿滿地浸漬，再滿滿的一口——原來老闆拿的是高度燒酒。這種當地產的麥製燒酒，濃濃麥香和著甘甜的蟹肉，入肚後，舌尾回甘，酒氣撲鼻，我就這麼輕易地出軌了我原味黨。

「那女將就是愛八卦，王桑不要在意喲。」冬實自己也抓了一隻蟹腳入口。

「這是蟹肉酒凍、蟹肉沙拉、蟹肉蒸蛋……」冬實開始介紹起整桌的蟹肉宴。

縱使面對最愛的螃蟹，我仍不免偷偷地碰了一下手機，看一看現在時刻，心想原本還打算吃完螃蟹，再趕回市區外婆家的。回頭看著已經天黑的海景，我知道今天大概回不了頭了。

聰明的冬實似乎也看出我的想法，馬上起身，準備出大招。

「女將桑，可以幫我們溫兩壺玉龍[41]嗎？」冬實對著包廂門外喊了兩聲。

「玉龍是我最喜歡的清酒，我希望也給王桑嚐嚐。」冬實撒了張大網，準備捕捉我的靈魂。

「喔，是嗎？那我們先把啤酒喝完吧。」我想我也應該給人家一些回應，拿起啤酒杯一口悶了。

「還是王桑厲害，也別小看我們京都女人喲。」冬實順勢也乾掉了整杯啤酒。

蟹宴的氣氛總算在幾巡乾杯後，熱絡了起來。

北山時雨

きたやましぐれ

「不好意思，玉龍與螃蟹涮涮鍋來了。」女將捧了兩壺溫酒進包廂，後面還跟著一名抱著大陶鍋的廚師。

「來了，我的螃蟹涮涮鍋！」冬實一個猛口，杯裡的啤酒都見底了。

冬實今晚異常的情緒高漲及快猛地飲酒，讓我覺得有點不尋常。難道這才是她的真性情嗎？還是又隱瞞些什麼？就連貌似跟她熟識的女將好像也對她今天的異常大感驚訝。

「來，這鍋高湯就是用來涮蟹腿的，我來為大家服務。」女將捲起袖子，準備開展她的專業服務。

「不用了，我們自己來就可以了，我們的酒還喝不夠呢。」冬實以輕鬆的語氣拒絕了女將，但我看出她想的是把企圖留下的女將趕出包廂外。

「喔，是嗎？那……有需要服務再叫喚我吧。」女將被冬實拒絕得有點尷尬。

女將忽然把眼神飄向我，然後給了一個過度職業的微笑，還停頓了有那麼一點八秒，貌似在期待我能否有些回應，而我有的只是更尷尬的微笑。

「來，接下來喝玉龍了。」冬實看著女將關上房門後，馬上又舉起還在冒煙的粗陶杯。

「這玉龍是附近的木下酒造生產的，而且是生酒，米香酒醇，我覺得和螃蟹是絕配。

來，乾杯！」我從來都不知道冬實這麼懂酒，看來我不知道的事還很多。

酒過三巡，蟹腿也涮了四隻，微醺的冬實小臉開始紅了，最糟糕的是她一醺熱，拉了拉衣領，那白裡透紅的鎖骨又露出來。為了強力抑制快中風的我，自己馬上也猛乾一杯。

「今天的螃蟹實在太好吃了，酒更棒。」我試著轉移注意力，卻開啟了很不入流的對話。

「從小，每年冬天，我們全家都會來間人吃螃蟹、泡溫泉，有時還會出海去釣魚。你知道嗎？我還釣過一條近一米長的鯊魚喲。」冬實講得很興奮，還特別比了一下那鯊魚有多長。

「冬實桑跟家人的關係很好嘛。」的確，很少聽她聊到家裡的事，果然酒精還是最好的催化劑。

「也還好吧。至少離婚前，大家的關係都還滿好的。離婚後，的確就比較少聯絡，至少再也沒有一起來吃螃蟹了。」原本興奮的語氣一下子消失了。

看來我好像又觸碰到破壞氣氛的話題了，真是個不會聊天的大叔。

「我們家呢，一直都是女人當家，連我父親都是入贅來的，家裡和公司的事都是由母親做決定。所以當離婚後，我是獨生女，又不願接手家裡的事業，那肯定關係就尷尬了。」這種劇情不喝個三杯是不會出現的。

「那冬實桑不喜歡家裡的事業嗎？」我聽故事的情緒起來了。

「從小什麼事都是家裡安排的，讀書、吃飯、穿衣服，連前夫都是被安排好的。我就不能做喜歡做的事嗎？」我漸漸把故事的拼圖湊在一起了。

「那冬實桑想做什麼事？」我開始像導演一樣，試著引導故事的發展。

「跟王桑吃螃蟹喲。」原本想套話，結果反被將一軍。

帶點害羞的冬實忽然站了起來，用口布把還在冒煙的溫酒壺裹在懷裡，推開露台門走出去。戶外的海景黑漆漆一片，她忽坐在露天泡池的邊上，撩起浴衣，把雙腳浸漬在飄煙的泉中。我看著她拉開衣領、露出後頸的背影，馬上補了最後一根蟹鉗入口，就希望能轉移注意力。

「王桑，外面好舒服喲，足湯最棒了。」冬實用著「誰不出來，誰就是小狗」的語氣喊了我兩聲。

沒忍住誘惑的我，也裹了壺酒，朝著那白裡透紅的後頸飄去。我用不是很優雅的姿勢也把雙腳放進泉中，瞬間的高溫帶了點酥麻。頓時的快感不知道是來自那酥麻，還是看到讓我流鼻血的後頸。

有大概那麼二十八秒，兩個人都沒說話。
「吶，那王桑有想做的事嗎？」冬實忍不住起了頭。
要叫我說出「想跟你吃螃蟹」這種話，金牛座的我是說不出口的。但是一側臉又看到那白裡透紅的鎖骨，若是說出無趣的話，我也會想殺死自己。
「太多了吧，用寫的，我都可以寫成兩本書了喲。」果然避重就輕的回覆是大叔的強項。
「是嗎？那趕快寫下來吧，我看有哪些是我們可以一起去完成的。」她說完，調皮地用腳趾頭在溫泉中勾了我一下。我想起冬實第一次在我家的被爐裡也做過一樣的事。
「唉，我如果不是京都人、甚至也不是日本人，該有多好呀。」冬實沒用杯子，直接拿清酒壺灌了一口。
「蛤？京都人很好呀。那你想當什麼人？」我也配合著抿了一口清酒。
「哪裡都好，我就想世界到處走走。哎呀，先去台灣好了，王桑一定可以帶我到處玩。」她邊說，邊用雙腳踢著水，水濺得兩人的浴衣都有點濕了。
我順手拿著口布幫她擦了臉上的部分水漬，心想，家裡對她的壓力應該真的很大。微醺而透紅的臉，在沒有月亮的微光下還是很美，我忍不住忽然舉起食指和中指，以指背輕輕地撫摸著冬實的臉頰。第一秒接觸時，冬實似乎有點驚嚇地抖了一下，但隨即也沒有抵抗，只是閉眼感受著，就跟我第一次接觸阿蘭（貓）一樣。

此時我的心情可能有那麼千分之一秒吧，閃過的是想報復的心。但是可能更多的還是心動的情。

「今晚……的月亮很美呢。」[42]明明天空黑漆漆一片，我用了一招最土的方式在撩妹。

「嘻……真的很美。」

當晚，月亮從未出現過，我們兩人也沒離開過房，直到……太陽升起。

意志再如何堅決，也敵不過兩杯美酒跟一隻蟹鉗。

38仲居：傳統旅館的服務人員，或像管家一樣。
39大吟釀：日本清酒的高級品等級。
40 Kingdom：丹後當地的手工啤酒，以眾多口味著稱。
41玉龍：久美浜地區著名的木下酒廠出品的清酒。
42「月が綺麗ですね。」（今晚的月亮很美。）：這句是出自日本知名文學家夏目漱石，當時他的學生問起英文「I love you」如何翻譯時，當時民風尚為保守，所以夏目漱石以「月が綺麗ですね」今晚的月亮很美，作為替代。如今年輕人流行語經常用來作為「很土」的情話代表。

藤澤夫婦

朝西的露台是看不到日出的，但是暮晨的朝光柔柔地灑在冬實的臉頰很美，我怕驚醒了她，順手又拉了遮簾擋住斜光。我側身看著她的側臉，輕輕地把垂在臉頰的幾絲頭髮繞過她的耳後。知道她可能已經醒了，但還是自己偷偷地退出被窩，如忍者般的身手，自己也得意地笑了。

不想驚動到她，我穿起浴衣打算到樓下的露天浴池來個朝湯，順便理理思路：經過了昨晚的相處，我接下來有什麼打算，同時對於夏希的事，是否也該有個了斷。

在面海的泡池裡，我看到了昨晚沒看到的海景，同時還有小漁港三兩進出的漁船。可能是我起得較早，偌大的泡池只有我一人，此時真想來個面朝大海狂呼幾聲，就讓今天有個美麗的開始吧。

梳理過後，我哼著小調，徐步回房。入門後，發現床被已經摺疊整齊，冬實不在房內，場景有點像當初到我家借宿後的早晨，缺的只是桌上留的紙條。

「可能她也去泡朝湯了？」腦裡想著，可是連包包都不在了，難道下樓等我吃早餐了嗎？總之這小旅館也不可能錯身到哪找不到，「反正等會都要吃早飯的。」想著便開始著衣打扮。

我輕步踏著老朽的樓梯下樓，女將看似已經在等著為我領路。餐廳也有著面朝大海的景觀。沒發現在等我的冬實，倒是女將引著我坐進已有一對年長夫妻對坐的長桌。

「王桑，請坐。」女將示意我坐入那對夫妻正面的座位。

「這裡嗎？」我有點懷疑，餐廳又沒有其他人，幹麼要併桌。

女將只是微笑著對我點頭，然後轉身走了。我也向對面的夫妻點頭示意，但是並沒有得到回應。從外表看起來，這對夫妻雖已有點年紀，但打扮仍然入時，還帶點奢氣：太太的裝扮，光看那包也知道夠我吃一個月的螃蟹了。而丈夫穿著立起領的 Polo 衫，貌似等會還約了打高爾夫球一樣。

我的桌上並沒有餐食。我看著面前的太太，吃著旅館安排的豪華早餐，偶爾瞟了我一眼，說實在的，讓人覺得有點失禮。而她旁邊坐的男性應該是她的丈夫，男人沒吃早餐，面前有的只是一杯咖啡，無視他人，只顧滑手機。

面對沒有什麼禮貌的長輩，我等待早餐的時間有點久，隨手發了條訊息給冬實，但是也沒得到回覆。偌大的餐廳，三人擠在一張小桌，安靜的空氣有點尷尬。

這時丈夫忽然起身接了個電話，他有點大聲地對電話裡的人咆哮，甚至還帶點像江湖人士的捲舌音，語速很快，我聽不太懂。太太朝他瞄了一眼，他似乎知趣地慢慢走到露台外，咆哮沒有停止，我恐懼的心有點上升了。

「王桑是台灣人吧。」太太沒放下筷子，冷冷地開了口。

「嗨……嗨……是的。」忽然來的一句讓我有點沒反應過來。怎麼一個陌生太太會知道我的名字，而且還知道是台灣人？我的腳開始麻了。

聽我回答後，太太也沒有再開口，只是繼續進行她的早餐。雙方沒人再開口，空氣降至冰點。我開始坐立難安，本想起身，但是發現雙腳發軟無力。我四望尋找女將或是任何人，唯一看到的是那丈夫拿著手機從露台走回座位。

「這些笨蛋、渾蛋……」男人的粗口沒有停止，太太也沒有任何回應，只是繼續冷冷地吃著她的早飯。

我開始對這場景有點懷疑，對於這對夫妻的存在也開始有一些奇怪的想法。女將貌似躲了起來，在這詭異的時間點，冬實又去了哪？想像力豐富的我，腦海裡淨出現一些不祥的預兆，我甚至已經有逃跑的計畫了。

「我們是冬實的父母。」忽然間，女人冷冷地開了口。

我以為我聽錯了，大概有四點六秒才回過神。

「喔……伯……父、伯母……好。」我顫抖的聲音現在去唱卡拉ＯＫ應該很受歡迎。

怎麼冬實的雙親會出現在這裡，難道是偶遇嗎？昨天她說以前全家都會一起來吃螃蟹，如果是這樣的情況應該也是合理。但是冬實到哪去了？而她母親冷冷的口吻又是什麼意思？

從原本見丈母娘的緊張，慢慢因為腦海裡出現的疑問，緊張開始轉為恐懼。加上她父親那酷似「社會」組織的表情及口氣，我腦海裡有那麼一瞬間產生了《教父》電影的畫面。我反覆察看手機，期待冬實回覆。

「阿挪……我……」原本想開口做點簡單的交流，伯母忽然一個眼神，讓我又吞了回去。

在我剛抖過音的開口後，大概有三個春夏秋冬的時間，雙方都沒有出聲。我急促的呼吸開始緩和了，但是恐懼產生的手心汗已經沾滿手機，慶幸 Sony 手機是防水的。

「如何？安排嗎？」丈夫忽然小聲問了太太一句。

我也跟著緊張地望著伯母，期待她有什麼反應。大約有兩秒，丈夫沒等到回應，於是自己起了身，貌似已經理解計畫般快步走出餐廳。我絕望地望著伯父的背影消失在長廊拐角。

「我會安排王桑回京都的。」伯母放下筷子，淺淺地說了一句。

總算出現新發展了，不過忽然決定把我送回京都，這是什麼新劇情？是丈母娘不滿意我嗎？還是，這是冬實的計畫？

想起昨晚冬實談起她從小就這麼被強制管教，現在再看到她的父母，我七拼八湊也大概了解整個劇情。不過今早父母會忽然出現，莫非是川島芳子幹的好事？我隱約感覺有人躲在牆角偷窺。

「阿挪……其……實……」我大概有三萬字的理由想向伯母解釋，或是應該說交流。不過那冰冷的眼神像似回覆我「省省吧」。

這時女將冷不防地出現在桌邊，還帶著職業般的奸笑。她順手清理了伯母的桌面，同時上了一杯冒著煙的焙茶，流暢的動作就像已經幹了五十年的管家一樣。

「王桑，我們這邊請。」上完焙茶之後，女將順勢請我離席，看似劇本都已經交代好了。

我像個雨天上學的小孩不情願地起了身，回頭望著伯母，甚至有點期待她挽留，依舊是冰冷的眼神代替了道別。迷惑、恐懼帶領我走進了長廊，消失在拐角。

恐懼會無限擴大人類的想像，而且通常想像都會實現。

北山時雨

きたやましぐれ

兩個男人

走出旅館外，看到還是跟昨天一樣的阿爾法保母車與小哥司機，我的行李似乎也都放上去了，一副就是要馬上流放我的劇情。女將帶著職業般的笑容半推半送地把我趕上車，車子起步動得很快，女將送客也很迅速。坐在車上，這八倍速的劇情發展嚇得我只能發呆，再回頭時，連送客的女將都消失了。

車子熟悉地快速地駛在山路上，北野武電影的劇情一直出現在腦海裡，完全不知道目的地的我開始有點擔心：到底等會會是會被帶到收廢鐵的地方，跟著廢車一起被壓扁？還是碼頭邊的倉庫，在灌滿水泥的汽油桶裡等著被丟進海裡？所有滅口的情節，我反覆複習了一遍。

「阿……挪……」才想開口，想到忠臣司機通常不太可能洩漏情況的，而且我也沒有什麼財富可以收買他。

還在想是否要開始準備遺書的時候，車子已經停在天橋立的火車站前了，這也是我們昨天上車的地方。

忠臣司機開了車門，把車票、行李以及貌似等會讓我在火車上可以享用的點心都準備好了，交給我。

「阿……挪……」還是有點想把事情弄清楚。

「王桑，請一路平安……小心身體……」司機緊張地來了個九十度鞠躬，以及顫抖的嗓音。

算了，我想也問不出什麼。而且這兩天，我想他也不見得比我好過，別為難他吧。

「感謝招待。」我也回了個九十度鞠躬，心想「平安就好」，快步進了車站。

都進了剪票口，回頭看到司機仍在鞠躬沒起身，這種敬業的態度絲毫不比那些「社會」組織遜色，還是說他們也算是種「社會」組織？

回到市區已經是下午，對於這兩天突如其來的發展感到很累，連經過島田家也沒去打招呼，當然也可能是因為忘了買土產，不想又被他說三道四的。

才剛拐過土地公廟，忽然發現家門口站個人，還是個男人。向來識人過目不忘的我，馬上確認這個男人就是昨天在車站前，穿著 Rainmaker 的男人，也就是又撫摸夏希的小腹、又給她愛的抱抱的男人。簡單地說就是搶走我前妻的男人。

跟昨天看到的角度不同，男人的肩膀很挺，平肩的人穿什麼衣服都好看。今天他倒沒有穿 Rainmaker 的衣服，可能也是怕跟我撞衫吧。但一副像房屋仲介的整套深色西裝有點過度正式，手裡還提著不知是哪家老鋪的點心紙袋。說是來道歉的比較有可能。不過這帥氣的外表，我也只能說是夏希有看男人的眼光，講得好像自己也很有條件一樣。

還隔著十來步距離，他就先向我鞠了個躬。才剛剛從「社會」組織劫後餘生的我絲毫不敢掉以輕心。新來的對手，還不知道有哪一招。

不知對方來意如何，我也禮貌地回點個頭。

「王桑，初次見面，你好。我叫今川修一，是夏希的朋友。」男人彬彬有禮，開門見山就先報出名號。

「先進門再說吧。」我還環顧四周，就怕被島田先生看見。

「你那匹德國馬呢？」我帶點酸地低語。

「蛤？」那男人似乎沒聽懂。

「沒……沒什麼。」我裝沒說啥。雖說是酸葡萄的心理，但是在我們這種京都小路裡，除了自行車，啥也開不進來，管你是德國馬還是英國豹都一樣。

「哇，還是京都的老町家舒服呀。」男人環顧四周，客套地評論房子。

「這是什麼招？搶了夏希不說，現在還動起這老房子的主意嗎？」我視這男人為敵人，小心盤算著。

男人稍顯緊張地坐在客廳的被爐裡，我稍許有意地緩慢泡著迎賓茶。雖說是面對敵人，但我們台灣人是有肚量的，先禮後兵，也要泡壺好喝的烏龍茶，這開場就是不想輸。

其實我是心裡在忐忑，想著不知道他會說些什麼，而我也不知道該如何回覆。泡茶的過程，我反覆地回想來京都後，與夏希的互動過程，但是這男人從未出現在任何過程中，直到我昨天發現了他。可以說我對他是毫無了解，反而他對我的認識可能已經非常透澈。這樣的敵對，勝算的確不高。

泡一壺茶再久也有完成的時候。我端著茶，也一起坐進被爐裡。

「聽說王桑喜歡吃甜品，不介意的話，請試試我們京都的萩餅。」出招了！我跟你不熟，你又是聽誰說我愛吃甜？

「這是『白』[43]他們家的萩餅，希望你會喜歡。」男人把提來的紙袋放到桌上。

「喔，『白』他們家的呀。那很難買吧？」心有千萬個不甘，但還是流下了哀愁的口水。

「還好，也剛好是認識的親戚家。」這就是炫富。京都流。

我優雅地把茶倒進他面前的茶杯，故意倒得很慢，因為不想先開口，其實是不知道要說什麼。但是茶很香，男人馬上就注意到了。

「哇，這就是傳說中的台灣烏龍茶呀，我聽夏希說過很多次了，她說她最喜歡了。我是第一次喝。」奇怪了，那我怎麼從來就沒聽夏希說過。

兩人同時端起茶杯，茶很燙，也同時呼呼呼吹了幾口，大概有那麼二、三十秒吧。兩個人都沒說話，屋中只有呼呼吹茶的聲音。

「我……會好好照顧夏希的。」男人忽然說，還立刻以上下座的姿態面對我。

才咬了一口萩餅，嚇得差點沒吐出來。面對男人這忽然的宣示，我也不知道該怎麼回應。

「今川桑，你頭先抬起來吧。」我放下咬了一口的萩餅，伸手扶他一把。

「王桑，請你相信，我一定會好好照顧夏希的。」男人坐正後，又補了一句。

雖說這男人比我年輕、俊俏，但薑還是老的辣，才喝一口茶，我什麼也還沒說，他倒是連底牌都掀了。老實說，兩個男人的談判，我沒有什麼經驗，尤其是為了女人。況且夏希已經不是我老婆了，我應該連談判的資格都沒有吧。

「今川先生，你能好好照顧她，我也非常感謝。但是你應該知道吧？我和夏希已經離婚了，其實你不用特地來跟我說。」我又幫男人補了一點茶。

「我知道，但是夏希桑好像還是很在意王桑。」男人這句話講得有點沒底氣。

我停了幾秒，又補口茶，把剩下半口的萩餅也一併消滅。

「大概是四年前吧，我和夏希因為一個偶然的機會在台北認識。她那時候對台灣非常喜歡，文化、美食、天氣都喜歡，每次來都住到不想回家，後來又認識我，日子就過得更充實。而我也是因為工作的關係經常往來台、日兩地，對日本也相當喜歡。所以哪怕雙方都還不是很了解對方，就衝動地決定結婚。」我說完，伸手拿了第二塊萩餅。

「真正生活後，加上時間的流轉才發現，其實異國婚姻沒那麼簡單。即使『說』的語言沒有隔閡，『心』的語言才是挑戰。加上還沒有小孩，雙方的距離只會越來越遠。」

北山時雨

きたやましぐれ

話說多了會累，一口茶、一口萩餅是必須的。

「夏希都說我比她還像日本人，但我還是不懂，為什麼她的味噌湯要先炒洋蔥，再加黃瓜？為什麼吃飯前的『いただきます』後面，還要再重複加一句小聲的『いただきます』？而且又不是過敏，她不喝酒，何況還是大阪人。」我說得激動。

「不過，我對大阪人沒偏見，今川桑，請不要誤會。」說過頭了，趕緊滅火一下。

「其實……夏希桑在認識王桑前，曾經懷孕過。那時她可能也貪玩，跟當時的男友有了小孩後，還經常在外面聚餐喝酒，有次喝醉後，跌倒在樓梯口，小孩沒了，之後她也戒酒了。飯前另加上一句小聲的『いただきます』大概就是對她沒出生就去世的小孩說的。這件事對她的打擊很大。」我聽完後，其實很不甘心——為什麼這件事，夏希從未跟我說過，而他卻瞭若指掌？

「不過味噌湯先炒洋蔥，再加黃瓜，我也沒聽過。」他可能怕我生氣，馬上先把球打到界外。

「今川桑，謝謝你今天特地過來跟我說夏希的事，無論如何，畢竟我和她現在只是普通朋友吧。你能好好珍惜她，我也替夏希感到高興。也祝福你們。」真希望他不要用京都話的翻譯機。

「能得到王桑的祝福，我和夏希都非常高興。也謝謝王桑願意花時間聽我說話，當然還有好喝的台灣烏龍茶。」不愧是京都人，打勝仗了還感謝敵人。

「那要不要再帶點台灣茶葉回去？我這次準備了很多，夏希不是也喜歡喝嗎？」我就看你是不是真喜歡。

「不麻煩了，今天已經太打擾王桑了。」男人也識相地起了身。果然京都人都不好意思待到第二杯茶。

「對了，倒是有一件事……」我一開口，他又坐下了。

「這次，夏希懷孕的事……」我還真不知道怎麼開口。

「嗯……如果可以的話，我想這件事還是請王桑直接問夏希吧。我可能不太方便……」才坐下，馬上又更迅速地起身。

納尼？這要我怎麼問？夏希連味噌湯的事都不跟我說，生小孩的事要怎麼問？莫非小孩真是這男人的，他是心虛？慚愧？還是想隱瞞？畢竟如果他承認了小孩是他的，那按時間考慮，他的確是在夏希跟我離婚前，就開始和她交往了，那也就是百分百的第三者！還是說有可能他也不知道，甚至說，這完全就是夏希自己想保留一輩子的祕密。沒想到自己也捲入這世紀大疑案。

送走敵軍後，我繼續喝著第二泡的烏龍茶，配著萩餅。心想：這次他來的目的，難道只是想得到我的祝福嗎？還是想探探我的口風？或者是來宣揚勝威？越想，心情就越沮喪，尤其這兩天發生的諸多種種，人生的變化也太大了。

想著這兩三個月來在京都發生的種種，真正留下來的只剩回憶跟……阿蘭。或許也該是回家的時候了。

很多人一生中都有許多無法承受的心，像是失敗的心、難過的心、被遺棄的心，甚至像喪失心愛的人或物的心。而我最無法面對的只有……不甘心。——一直不甘心的男人

43「白」：京都和菓子及料理名物的名店。

北山時雨

きたやましぐれ

北山時雨

回想起來，從昨天早上原本有著奔向彩虹般的旅行心情，被突來像似我升級版的男人及微凸小腹給澈底打亂了；好不容易靠著兩隻蟹鉗與好酒，我又度過了來京都後最夢幻的夜晚，當然主要是因為冬實，沒想到美夢醒來，立刻發現居然遭受來自貌似「社會」組織最大的生命威脅。九死一生後，連情敵都跑來壓陣展勝威，也就不到四十八小時的人生，神明也太會捉弄我了。我走回巷內的小土地公廟，用著半吊子的日文開始向神明抱怨起來。

回到房內，吃著最後半個萩餅，以及已經有點涼了的烏龍茶，靜下心仔細想想：即便離婚了，大家也都應該希望對方未來能繼續幸福，這是一個成熟男人該有的態度。「也許我的離開是對夏希最大的祝福吧。」我腦海裡開始有這樣的想法。

想法很容易，但要執行卻很難，況且還有個「微凸小腹」的未解之謎。

冷茶還是無法冷靜我的思緒，決定到外面走走，吹吹風，也許真可以走出這困惑的心情。

擔心被島田先生遇到，心想如果不小心，可能會被他把話都套光了，還可能到處傳播。光想就很害怕。小心地輕步往巷口走近，發現診所的燈沒亮，瞬時才鬆了一口氣，繼續前行。

還沒想到目的地，只是走走想想，一陣冷風吹來，腦子清醒多了，過了路口才發現不知不覺已經走到了冬實的店前。門口掛著休店的牌子，樓上也沒見燈亮。想起從早上到現在，電話不通，訊息未讀未回，整個人像是人間蒸發了一樣。這也是一個未解之謎。

看著微濕的寂寞石板地，越來越沉重的心情，卻沒注意到背後的路口有一輛阿爾法商務車在靠近，車子移動得很慢，像是怕被我發現。等到我慢慢走遠後，車才徐徐地停在冬實的店門口。

「你等我一下，我一會就回來。」冬實示意司機把車門打開。

「大……大……大小姐，這……這不太好吧。」一如往常，那倒楣的司機還是被夾雜在矛盾中。
「我就只是去跟他說兩句話，馬上就回來。」冬實有點著急地說。
「大……小姐，會長已經在等了，我們還是趕快過去吧。」司機發現可能只有把會長搬出來才制止得了大小姐。
「算了。」冬實知道跟司機嘔也不會有什麼結果。
倒楣的司機如釋重負，一腳油門直直前行，就在次個路口前，還與我錯身前行，當然我都沒有發現，只是車上的冬實隔著反光玻璃看著我。很快地，車子也消失在街口。

小微雨的夜晚，行人不多，我似乎感覺要被京都抛棄了一樣，特意轉進商店街，希望較多的人潮多少能強化自己的存在感。
轉角亮著招牌的「田村」，瞬間點亮了我的生命之火，我像在沙漠中找到綠洲般奔跑過去。才到門口，就聞到熟悉的味道。我掀起白色暖簾，拉開溫暖的木格柵門。
「おこしやす~」我就愛這京都的酥麻腔。
「啊，王桑呀。好久不見，請進，請進。」女將千秋桑一如往常用她那酥麻的優雅京都腔歡迎我。

好不容易滿足了存在感，忽然發現熟悉的背影就坐在我常坐的吧檯前。過氣的格子襯衫、微禿帶點油的髮型，不出所料，正是我親愛的島田先生。

「晚安，島田先生，您也在呀。」我帶點敷衍的口氣打了招呼。

「是呀，我算準了你今天一定會來啊。」一如既往的驕傲口氣。

「你那麼會算，怎麼不算算彩票號碼呀？」這句話，我只放在嘴裡。

「不愧是島田先生，我的行蹤都被你猜對了。」我現在的京都式答腔也很流利了。

「是呀，我們那小孩也一直在說王桑好久沒來了，剛才也說今天應該會來。」千秋桑笑著，又看了廚房一眼。

頓時，心中感覺溫暖多了，原來還是有些人盼著我的出現，京都沒有拋棄我。我整天的感傷心情也稍有平復，順手熟悉地拉了島田先生身旁的椅子坐下來。

千秋桑流暢地又是幫我倒茶，又是準備熱毛巾，也沒問我，就準備了個跟島田先生用的一樣的空杯。

「島田先生應該會請王桑喝酒吧。」千秋桑指了指剛才幫我準備的空杯。

我原本是想來壺溫酒的，但是看到島田先生擺了整瓶燒酒在桌上，加上千秋桑這麼一安排，我都不好意思開口了。

「怎麼樣，今天喝一點烈的，如何？」島田先生被千秋桑這麼一推，也開口了。

「那就恭敬不如從命，感謝招待。」我想再推託也沒意思。也的確，今天是需要點烈的。

「喔，今天回答得這麼痛快，看來是有點狀況喲。」島田先生就是嘴裡不饒人。

「沒有啦，我是看到島田先生在喝玉乃光，我就忍不住啦。」真不想跟京都人繼續那苛薄的對話，趕緊轉了個話題。

「喔，玉乃光呀，這當然是我們『京之光』啊。」才捧了一句，直接飄了。

「不愧是島田先生，有品味。」老天爺如果有聽到，一定想割我舌頭。

「怎樣……跟那個男人談得怎麼樣？」島田先生忽然把音量降低了。

「蛤，男人？哪個男人？談……談什麼？」我瞬間有點慌，先補了一口酒。

「我看到了。」島田先生帶點小驕傲的口氣，不過可能也是怕我丟臉，音量還是很小。

「看……看……看到？」慌張的我，趕緊幫島田先生補了些酒。

「下午我從商店街回家，就看到一輛沒見過的德國車停在商店街的駐車場，後來就看到一個男人在你家門口，看他還等了滿久喲。」這街坊有了島田先生，我看監控攝影機都可以免了。

「喔……」說是沉默不答，其實是答不出來。

「他應該是今川家的小孩吧。」島田先生嘴裡還咬著他愛吃的牛舌，話倒是講得很輕鬆。

「蛤？也是熟人嗎？」我又一次被島田先生的人脈驚嚇到。

「不認識，就是知道而已，不過在我們北野和西陣這附近都知道今川家。他們家都愛開進口車，老爺子還有兩個老婆呢。」說不認識，卻把人家的私生活查得那麼仔細。

「不過他那小孩也的確挺帥的，只是好像也是離過婚。」島田先生再一次展現了他的情報神技。

還沉浸在回想島田情報網的同時，春奈忽然出現在我和島田先生中間，嚇得島田先生補了口酒，同時原本打算繼續放送的情報瞬間也從口中吞了回去。

「我這裡也有螃蟹呀。」春奈說完，把盤子放在桌上，掉頭就走了。

這是什麼狀況？她哪來的不開心？忽然蹦出，還丟了盤菜，這又是什麼劇情？連旁邊的島田先生都不敢直視，千秋桑也被春奈的舉動嚇到了。

「喔，這是新菜嗎？是又要考驗我嗎？看起來很好吃的樣子嘛。」對著如此凝重的氣氛，無論如何，應該都跟我有關，我也試著圓一下氣氛。

「咦？我也不知道這什麼菜耶。這小孩不知道又在打什麼主意。」看來連千秋桑也不知道發生什麼事。

「我……是我跟她說你去吃螃蟹了。」島田先生知道自己又闖禍了，小聲地跟我說原因。

蛤？也就是吃個螃蟹吧，這是在吃哪門子的醋？我心想這小朋友是不是也太投入了呀。

不過我拿起筷子吃了一口，同時回想起上次去山蔭神社拜拜，還有川西吃飯的場景，那時我和春奈的互動……是不是我給了她什麼錯誤的暗示？還是她自己誤會了什麼？還有最後她提到想成為家人的關係等等，是不是又是一段錯誤戀情的開始？還是，只是我又自作多情？

「酪梨蟹肉沙拉還配了些千枚漬的絲，很有創意，而且也是西洋京都風。」我故作鎮定，禮貌地給出很高的評價，就像在哄小孩一樣。

這時千秋桑也配合氣氛讚揚了幾句，卻仍看到島田先生肅靜地坐在位上，還連續抿了兩口酒。

「不好意思，因為春奈醬一直問我，我又不會說謊，所以全說了，包括冬實的事也說了。」島田先生湊近我耳邊，細語了自己所有的犯罪事實。

這也太不幸負島田廣播電台的英名了，我又是生氣，但是又不希望把關係弄僵，只能大口半杯解解氣。島田先生還忙著幫我補酒，就像滅火一樣勤勞。

「不過……是不是也見到了冬實的父母？」島田先生試著轉移話題，小聲問我。

「蛤！你怎麼知道？」我深深地為島田先生的情報能力所折服。

「我想不然你怎麼會那麼快就回來，而且還一來就想喝烈的。」一聽猜中了，他還驕傲地自己又喝了一大口。

「吃完螃蟹，當然就回來了呀，不然還要幹麼？」被猜中了，我有點不服氣地說。

「我說過吧？冬實的咖啡不容易喝的。」我一輩子都不會忘記他這時候的嘴臉。

看來我這兩天所遭遇到的事，島田先生應該都很清楚，甚至可能都在他的預判範圍，只是他事前沒跟我說。除了夏希，連冬實的事，他都看得一清二楚。

「所以，冬實的父母，島田先生也認識嗎？」我低著頭，小聲地問。

「在京都有誰不認識藤澤家呀。我都跟你說了，這杯咖啡不容易喝啊。」說完，他搖搖頭，又咬了一口牛舌。

「蛤，這算有說過嗎？」我開始回想，從那不差錢的咖啡廳、倒楣的司機、鰤魚、間人蟹，以及貌似「社會」組織……這會我全湊起來了。馬上為自己瀕死逢生的經驗又乾了一杯。

「藤澤家的財富勢力已經傳承好幾代了，事業版圖有開發、商社、金融等等，涵蓋整個關西，政商關係雄厚，黑白兩道也都吃得開。目前當家的是她母親，因為連父親也是入贅進來的，加上冬實桑是獨生女，你說這咖啡你能喝嗎？」島田先生又開始像說書的了。

這一聽簡直就是北野武電影的劇情嘛！不過驚悚之餘，我想冬實也是不容易，畢竟出生在這種家族，不太可能選擇自己想要的生活。難怪昨晚一喝多就說起羨慕海外生活等等。現在回想起來，我真的完全不了解冬實。

想想，來京都 Long Stay 原本也就是想休息一下，順便看看有沒有機會跟前妻破鏡重圓，沒想到高潮迭起，一關過了又是一關，真相之後還有真相。如今如果還能全身而退，也算不虛此行。

「我們京都有一個詞叫『北山時雨』，就是在說這個秋末冬初的季節，京都北面的山經常會一陣風吹，雨就來，忽又風一陣，雨又停。變化莫測，這跟人、事、物一樣，所以才是精采人生。」島田先生又幫我上了一課。

腦海一晃才想起，那時在神社裡求的籤詩不就是「北山時雨」嗎？瞬時一身雞皮疙瘩。那另外的「半凶」是什麼意思呢？早知道應該帶籤來問島田先生，不過他應該也可以斜槓去幫人算命了。

為了這堂寶貴的人生課，我好好地向島田先生敬了一杯。不過忽然間，春奈又出現在我們倆中間，這次沒有菜，有的是深深一鞠躬。

「王桑……我想請你成為我的家人……」話畢，頭仍沒抬起。

這句話說完，我們三人瞬間成了木頭人，當然也包括千秋桑。有大概那麼五、六個春夏秋冬的時刻吧，空氣依然低至冰點，直到……

「雖然認識不是很長的時間，但是我感受到王桑的貼心、善良，甚至是博大精深的料理知識。我相信我們的相遇絕對是上天安排的……」春奈看我沒反應，馬上追加了更多貌似事先準備好的說詞。

「等……等等……」我急著阻止春奈。

「王桑，您先不要急著拒絕，我是很認真的。我父親去世後，我母親真的很辛苦，她好不容易努力了大半輩子，現在開始應該是享受人生的時候，而且更不應該是一個人。我很希望我母親也能幸福，就跟她也希望我幸福一樣，王桑絕對是一位可以給我母親幸福的男人，而我也更希望能擁有一個像王桑一樣的父親。」春奈一口氣講得我都快流淚了。

「等……等等……」這會換千秋桑開口了。

「嘖。春奈醬，你在說什麼呀！嘖。」千秋桑邊說邊笑了出來。

「我是認真的。」春奈看了母親一眼，又把頭低下去。

這一幕，把我和島田先生看得是目瞪口呆。原來這些日子，我跟春奈的互動所產生的情愫是「父女情」，她把已過世、她最敬愛的父親完全投射在我身上。「想成為家人關係」、「希望母親有人陪伴的幸福」這些想法，我看也在她腦海裡醞釀了許久。可能是島田先生不小心把我和冬實的事曝光後，她心急之下，出了這招逼親記。

「王桑，真是不好意思吶，這孩子……」千秋桑又好氣又好笑地走到春奈身邊，一手把她抱進懷裡。

「呀、呀、呀！不會呀，我很開心！原來我在春奈醬心裡，分數還是挺高的呀。」為了緩和這天雷勾動地火的親情劇本，我也配合說了些台詞。

望著旁邊又是看戲、又是竊笑的島田先生，我自己也覺得有點尷尬。

我順勢又特別看了千秋桑一眼——也的確如春奈醬所說的，被島田先生他們稱為北野第一美女的千秋桑雖說已經有點年紀，但是氣質出眾，體態也一直保養得不輸年輕人，無奈丈夫早逝，如今單身也是可惜。

「我在想什麼呀？」我忽然像被雷打了一樣。這次來京都，遇到的事還不夠多嗎？

「王桑，不好意思，我今天剛做好一鍋『粕汁』，要不要來一碗？」面對春奈這場即興演出，千秋桑也覺得有些尷尬，趕緊出個招，試著轉移話題。

「喔，千秋桑的粕汁，那可是關西第一，我也要一碗。」島田先生也配合著改變氣氛。

「今天的粕汁可是用佐佐木家的酒粕，是今年剛出品的。」千秋桑特別提醒用的是名家酒造的酒粕。

佐佐木酒造也是京都的一家百年酒造，他們家的酒，我只喝過「聚樂第」純米大吟釀，即使在有如日本酒一級戰區的京都，也能算是頭等班吧。千秋桑說他們家做酒留下的酒粕非常香，用來做粕汁很適合，每年冬天都需要先預訂才有。酒粕比酒受歡迎的酒造，我還是第一次聽到，不過佐佐木家除了清酒，還出了一位叫「佐佐木藏之介」的明星，這我倒是聽過。

「不過我的粕汁放的是豬肉片，希望王桑能接受。」千秋桑端出一晚還在冒煙的粕汁給我。

「這才是千秋流。」怕燙的島田先生一直對著碗裡呼呼地吹。

在日本的傳統料理中，粕汁一向是我的最愛；或者應該說是家庭料理，畢竟在大部分的日本家庭，這是冬天必須準備的料理。我尤其喜歡京都風，白味噌的加持絕對是極品。夏希外婆做的粕汁應該可以入選我死前最想吃的食物前三。外婆說她的粕汁最重要的是用了加藤味噌，那絕對是西陣的味道。夏希還跟我說，她小時候經常幫外婆跑腿，而且自帶陶罐，因為可以便宜二十円。真不愧是京都 Style。

不過說到粕汁，雖說每家有每家自己的風格及做法，但傳統是用鮭魚配上紅蘿蔔及一些蔬菜，當然也有放肉的。千秋桑的就是加了薄片豬五花肉，看似帶肥，不過有豐富的蔬菜加持，也不覺得膩，甚至感覺氣味上有點豪華，可能是放在餐廳裡賣，總是要有點特色。

我和島田先生都怕燙，兩個人安靜地對著碗內直吹氣。整個餐廳忽然變得寧靜，只聽見兩個男人呼呼的吹氣聲。瞬時間大家都沒再提起剛才春奈的話題。
沒有什麼事是一碗粕汁解決不了的，如果有，那就再來一碗。

北山時雨

きたやましぐれ

湧水道別

來京都 Long Stay 這麼久了，其中最戒不掉的應該就是用京都的地下湧水來煮咖啡。因為地理環境的關係，京都的地下水資源特別豐富，即使在市區內，大街小巷裡都還保有許多水井，這些水井支撐著京都人民千年來的生活及文化傳承。門前拐角的小土地公廟旁就有一口水井，每天從水井打水，順便再幫神明抹抹擦擦也算誠意，這就促成了我每天的美味咖啡。

川西餐廳的青木大哥跟我說過，世界上所有的美味都與「水」有關。再怎麼優秀的食材也需要有「水」來幫忙提味，無論是處理及保存食材，還有烹飪等，都離不開水，甚至「水」本身也是個優秀的食材。而我的咖啡除了有京都湧水的提味，還有神明的加持，要不美味還很難。

喝著捨不得的咖啡，開始收拾行李了。阿蘭在旁看著我，那捨不得的眼神，惹得我過去摸了牠的頭，牠粗魯地推開我的手，反而舔起我的指尖。原來我會錯意了，牠不是捨不得我，是在暗示我：「老哥，先別收拾，快弄點吃的來吧。」

這才想起昨天下午回來時，特別繞去上七軒買了鯖魚壽司[44]。本想昨天晚上吃的，後來去田村演了齣逼親記，把這絕世美味都給忘了吃。

北野天滿宮前那家紅梅庵[45]的鯖魚壽司在這附近是很有名的，我也是透過「西陣老爺」大舅舅介紹才知道。鯖魚來自福井縣，不過鯖魚壽司卻是著名的京都名物。在京都做這道菜的店很多，家家都是百年老店，但每家的手法略有不同。我喜歡紅梅庵的沒什麼特別理由，物美價廉、老闆和善，大概就如此吧。昨天還被店家一推銷，多買了包山椒小魚[46]，想著反正也可以下酒。

走出店外時，看到對面北野天滿宮的御守小賣店。明明是守護功名的神社，居然也有賣「安產守」，想到夏希，順手買了一個。

我先拿了一片鯖魚壽司放在小碟裡，才轉身找筷子時，阿蘭已經把魚啃上了。這小子倒是聰明，就啃了魚，留下醋飯給我。好險昨天多買山椒小魚是正確的，配著剩下的醋飯剛剛好。

看著冰箱裡還剩著一些當初夏希幫我準備的下酒菜，腦海想起，這時離開，該怎麼告別？要怎麼解釋在這個時候離開的理由？更不應該不告而別吧？況且房租還沒付。吃著沒有鯖魚的鯖魚壽司，我決定寫封信，嚴格說是留張紙條吧。要是在台灣，可能一條 LINE 就可以解決了，可是在日本要不失禮的話，還是需要動到文房四寶。

「夏希ちゃんへ」（夏希醬敬啟），才起個頭，筆又停了。

除了道謝，還要寫什麼呢？要解釋回台灣的理由嗎？請她跟我收錢？喔，冰箱剩了一堆食物，要不要道歉呀……越想越多，但就是不知道怎麼下筆。其實我最想寫的應該是關於那個男人，還有「微凸的小腹」事件，可是這麼多事要怎麼連貫成一封信，開始有點想打電話給以前的國文老師了。

我本以為我是那種一起筆就停不住的人，沒想到重要時刻還是翻車了。看著已經吃撐的阿蘭在舔腳，我決定了，動筆吧。

夏希ちゃんへ

ありがとう（謝謝）

千言萬語，我也就一語概括了。倒是署名的地方，我有點猶豫不決。要註明「前夫」，那是矯情；要不就寫全名，又感覺冷淡，把感謝的情感都帶淡了。左思右想，我還是留了空白。

好不容易完成了一份「與前妻訣別書」。

看著還有一罐八分滿的台灣高山烏龍茶，心想再帶回去也是麻煩，於是又動手重新包裝起來。幸好機場免稅店的紙袋還沒丟，湊在一起也有九成新，拿來送給島田先生當餞別禮，應該不會失禮吧。開始為自己也學會京都人的小心眼笑了。

打包好行李，再一次回顧了照顧我近百日的這老町屋，捨不得的感情，除了房子，還有阿蘭。不過阿蘭似乎沒打算對我送別，因為牠一直在忙著啃所剩無幾的鯖魚。

臨出門前，摸了把口袋，我還是把粉紅色的「安產守」放在「與前妻訣別書」的字條旁。
走出小巷，我留了兩顆沒吃完的台灣牛軋糖在轉角的小土地公廟，兩拍三拜地謝謝祂的護佑。來到島田先生的診所前，我有點猶豫地在門口恍神了幾秒，還是決定推門進去，畢竟離別也不能失禮。
「不好意思，島田先生在嗎？」我推門，輕聲地問了一句。
「喔，王桑呀，請坐。」診所內沒病患，就看到島田先生在接待沙發看報紙。
「島田先生，我就不坐了。我要回台灣了，所以來跟您告別一下。也謝謝您的照顧。」我同時把放在免稅店袋中的茶葉獻上。
「喔，還是要回去了呀。」島田先生似乎也不驚訝，畢竟一切他都看在眼裡。
「那……有跟夏希說過了嗎？」島田先生好意地提醒我一下。
「我有留字條了，到機場再打電話吧。」我回得有點敷衍。
「那好吧，你既然都安排好了。」他似乎已經不想再管閒事了。
「雖然沒有您的咖啡香，但是這烏龍茶也很好喝，請笑納。」我又一次把提袋獻上。
「喔，台灣烏龍茶呀。謝謝啊。」就看他那不是很識貨的眼光。

「那一路小心，隨時歡迎再來我們京都。」我不敢再用翻譯機了。

走到路口回頭，島田先生還在揮手，這亦敵亦友的關係，在我這次京都之旅中也是很好的回憶。

看著商店街拐角的田村招牌，我笑了一下，心想：還是別再引起誤會吧。不過往來還是有點人潮的商店街，讓我在這期間的確留下很多美好回憶。

「時間雖不長，還是感謝你們的照顧。」隔著路口，我滿滿地一鞠躬。

準備叫車的時候，忽然發現側巷口有一家小店，有人在排隊，這是間我經過多次都沒注意到的小店。店很小，只有一個大媽在賣現做的玉子燒和豆皮壽司。我想起春奈的玉子燒，不過讓我起了吃欲的是那豆皮壽司。

我從小就愛吃豆皮壽司，台灣也到處都有賣，我一度還以為是台灣料理。後來即使常來日本，也一定要尋找這好吃又便宜的美食。

我買了一小盒，有三個，個頭算大，坐在店門口的板凳上就開動了。

吃到第二個時才發現有點渴，忘了先買罐飲料來配。舔了一下剛握壽司的手指，伸進褲袋想找零錢，一手握著豆皮壽司的盒子，如此要單手找零錢還是有點困難。我微微側

北山時雨

きたやましぐれ

身想讓出些空間，另一手的壽司卻開始搖搖晃晃，無法兼顧的困境被一瓶熱飲料罐燙了一下臉頰，驚嚇之餘，先守住壽司，又看了一眼飲料——沒想到是我最愛喝的 DyDo 咖啡，而且還是無糖的。

「無糖的喲。」握著咖啡的人竟是熟悉的夏希。

「ㄟ……蛤……」我驚嚇的舌頭被鬼偷走了。

「阿里阿多。嘻！我收到了。」夏希一手放下那罐咖啡，另一手向我展示剛才我留在町屋裡的御守，還做了一個俏皮的鬼臉，然後也一屁股靠著我，一起坐在板凳上。

我用了大概一甲子的時間慢慢地將夏希給我的咖啡打開，聞一下，喝一口，再聞一下，再喝一口，反覆了有四遍。因為實在不知道要不要先開口。因為喝得慢，第一次覺得無糖的咖啡特別苦。

「怎麼知道我在這裡？」知道躲不過，我先開口了。

「嘻！要找王桑太簡單了，找有賣好吃東西的地方就可以了。」怎麼感覺這句話也似曾相識。

「喔，也對。」我又補了一口苦咖啡。雙方又沉默了幾個甲子。

「這樣就想逃回台北了喲？」這會換夏希先開口了。

「不……不……不是的……我是想……」我忽然間舌頭又被偷走了。

「外婆說我都沒有好好招待王桑，都是你太會哄外婆了。」善解人意的夏希努力地在緩和氣氛。

「而且住了那麼久，我都還沒收錢呢！看來我的民宿要倒閉了。」她還假裝嘆了一口氣。

「昨天修一打擾王桑了，真是不好意思。」這個時候，還是要夏希先開口。

「……嗯……不……不會啊。萩餅也很好吃呀。」我只能說逃避我第一。

「他是我高中學長，也是我的初戀。」夏希終於開始解密了。

那你和他是在交往嗎？會結婚嗎？還沒跟我離婚，就在一起了嗎？孩子是他的嗎？跟我離婚的理由也是他嗎？還有那套 Rainmaker 是你挑的嗎？……我大概有兩萬多個問題想問夏希，可是一個字都吐不出來。

「他說你……你喜歡喝烏龍茶。」等了半天，我只吐了個寂寞。

「蛤？喔！」夏希也被我莫名其妙的話搞得不知怎麼搭話。

夏希忽然拿出濕紙巾遞給吃完豆皮壽司，正準備舔手指的我。夏希永遠都能預判我的

北山時雨

きたやましぐれ

需求。

「那他還說了什麼？」看來夏希還是在乎的。

「喔，他說他買『白』的萩餅不用排隊。」我真是個天兵。

「蛤？算了。」夏希貌似放棄了。

仔細想起來，他們兩個認識得比我早，又是初戀，現在兩人也是單身，再復合也合理。搞不好當初最早懷孕也是跟他，看來我也只能算是個過渡期的男人，甚至還像個第三者，加上又是外國人。整件事情，我也就算個過客吧。

原本還痴想這次來京都也許有那麼一絲可以復合的希望，別說還有冬實的事，異國戀情的確不是簡單的事，更何況是在京都。不過我差不多也把整件事都理清楚了，即使夏希什麼也沒解釋，真相似乎沒那麼重要了。畢竟故事需要有個結局。我這個外國人離開，應該就可以落幕了。

「修一桑說他會好好照顧你的。」我終於踏出了一步。

說完，我緩緩地站起來，用很帥的姿勢伸了個懶腰。心想這個關鍵時刻，即使全盤皆輸，面子也不能少，最後的氣場一定要 Hold 住。

此刻我雖然背對著夏希，是不想讓她看到失敗者的臉孔，但是又有少許的期待，想聽聽她是否會說些什麼。我倒也沒期待她會挽留我，只期待最後也許來個送別的擁抱，讓我帶著欣慰的心情回台北，也算是一個了結吧。

「那……我幫王桑叫車吧。」夏希也站了起來，走向街邊尋找我最討厭的計程車。

我有點被夏希的行動驚嚇到，難道她就這麼希望我離開嗎？還是她也不知道怎麼面對我？連個送別的擁抱也不願。

商店街前的計程車很多，我以月球漫步的速度走向已經自動開啟的車門。

安全帶還沒扣上，車子已經起步了，望著車外像似旅館女將送別低頭的夏希，遲遲也沒抬頭。強忍不捨回望的我，心想……

「就這樣吧。」

車子順著二條、三條、四條，直奔車站，沿途仍下著雨，窗外的風景處處是我和夏希的回憶。過了五條，就看到不遠的目的地——車站了。開始天黑了，雨特別冷。帶著不甘心的心情，我就是不願意進車站。忽然想起車站前有家小店，很久沒去吃了，雖然也充滿夏希的回憶，把她當作收尾的心情也是不錯，瞬時決定掉頭，走進車站對面的小巷。

才入巷，就已經看到三、四組客人在一家小店前排隊。我看了一下時間，心想，今天就算要搭紅眼班機，我也要吃上這頓「京都最後的晚餐」。

「へんこつ」（Henkotsu）這家窩在京都車站對面小巷的一家小吃店，應該也算是居酒屋吧，因為只有晚上才開門。店裡座位不多，菜品也很少，但是大家都是衝著那……牛尾？牛筋？還是要叫牛雜鍋料理來的。我每次都是半尾、半筋，再加上一壺溫酒，直接上天堂。

店裡很忙，老闆也不太愛跟客人交談，尤其是自從有了網路評價後，這家小店開始受到觀光客的注目，或許老闆怕語言不通，可能只有搶在吧檯座前才有機會交流。

京都的雨，向來我都不需要撐傘的，站在門口聞著牛肉的香氣，即使暴風雨也無法動彈我的意念。等了大約有三炷香的時間，終於排到門口，我著急地把臉貼上玻璃門，就想看清吧檯上的菜單，不願浪費一秒鐘，一進門就想把酒菜點上。

就在我的呼吸把店門玻璃都霧化的時候，忽然被人拍了一下背，心想，難道這在京都也算是不禮貌的行為嗎？

「不好意思……」才轉頭想道歉，忽然發現剛才是隻熟悉而纖細的手拍了我。

「欸……」居然是冬實，我的舌頭又被鬼割走了。
冬實給了我一個謎之微笑。
「怎……怎……麼知道我在這裡？」我同時慌張地四處張望，就怕還有其他驚喜……
「嘻！要找王桑太簡單了，找有好吃的東西就可以了。」

北山時雨
きたやましぐれ

落葉，不是風吹的，是秋天。
感傷，不是因為遭受背叛，可能是自作多情。

44鯖魚壽司：京都名物，從北方福井縣運來的鯖魚，經過料理人以鹽、醋浸漬後，再與醋飯捲成壽司，在京都非常受到歡迎。
45紅梅庵：上七軒著名老店。
46山椒小魚（ちりめん山椒）：花椒調味的魩仔魚乾，京都名物。

【後記】

文筆不好，只能靠劇情

我一直羨慕別人有前妻，前妻是一種很特別的存在。她是一種在你的人生中已經消失了，但也一直都存在的狠角色。前女友的話，就算你有五個、八個，想忘就忘，要裝傻也行，要賴不承認也不犯法。前妻就不同。她是如同噩夢般法定的存在，如果還有小孩，那連家譜跟祖墳都分不開了。我沒結過婚，更沒這個榮幸能擁有前妻。因為嚮往，所以特別想寫這個故事。

北山時雨

きたやましぐれ

我從九零年代初期，還在歐洲讀書的時候就開始寫美食專欄，那一本叫《吃在中國》，可能是台灣第一本專業的美食雜誌。當時我在法國念葡萄酒大學，也因為在米其林兩星的廚房工作過，所以為了打發住在普羅旺斯無聊的農村日子，我開始寫美食專欄，而且專寫米其林美食和葡萄酒。這一寫就寫了幾十年，但是都是千把個字的短篇，也從不覺得未來可以挑戰小說。

二〇二二年，一樣是無聊的日子，因為疫情，我被困在上海，除了每天放風被戳鼻子，就是自己在家跟自己廚藝競賽。因為去不了日本旅遊，就天天看看日本新聞止渴。一天忽然發現日本人在討論「日本女性在離婚後，百日之內不能再婚」（原本是六個月）。雖然這法令已在二〇二四年四月廢除了，但在當時讓我十分震驚，那麼先進的日本居然還有這麼沒人道的法令。ＤＮＡ的技術也不是一天兩天了。就算怕有糾紛，那也應該是男女一起禁止，不然男的先再婚，卻發現前妻懷孕了，那才是天下大亂。抱著對「前妻」的景仰與不捨，我決定挑戰小說。

故事的舞台在京都，一個大家都很熟習的地方。我常說台灣人對京都，沒去過很嚮往，去過一次一定回頭，兩次開始中毒，三次就開始說「My Kyoto……」，五次之後就變成「Kyoto is mine」。我經常遇到把京都當廚房的人會說：「這家店在世界上除了京都人以外，只有我知道。」因為「Kyoto is mine」。

在京都很容易發現令人驚喜的小店，特別是餐廳和咖啡廳。不過美食這件事，每個人都有自己的喜愛和觀點，實在沒必要太去追捧什麼名店，跟著自己的感覺，喜歡就好。我也是這麼多年來多次到京都，每次都有新的挑戰和驚喜，這也是旅遊的樂趣。

旅遊就是到一個未知的地方去呼吸。我特別喜歡京都「人」的文化：莫名的優越感，但是又要表示大和王國的謙卑，不過她的謙卑又帶點蠻橫，連吵架都不知道怎麼回嘴。表裡不一的表達方式被稱為「建前」。尤其女性說話的方式還帶點酥麻的關西腔，說她優雅，但是那拐彎抹角的表達方式跟隔壁直來直往的大阪腔比，特別鮮明。

嚴格說起來，我這一輩子好像沒有完整地讀過一本小說。我沒有迷過金庸的武俠，跟倪匡也不熟，更別說瓊瑤阿姨的大作，連拍成連續劇也沒看過。印象裡大概在小時候勉強有讀完《湯姆歷險記》。

北山時雨

きたやましぐれ

寫美食、美酒是我的強項，但是小說不能沒有劇情，只有吃喝，讀著都會噎著。所以就想以我最崇拜的前妻開始，當然也添加了一些我喜歡的邊角料故事。我試著讓大家也能發現京都一些較不為人知的情報。但也別指望這本小說成為你的旅遊指南。的確，書裡的美食都是真實的，但其中的店家部分是虛擬的，我總不能把我的前妻跟別人的餐廳扯上什麼關係吧。

「看了會餓，讀了會醉」，是我對這本小說的最高期待。我的本業是餐旅業，也是服務業，讓客人吃好、睡好是我的工作。因為專業，所以對美食了解，但並不代表我認為的美食與你期待的一樣。就像前妻，我常跟我的一個大哥說：「你前妻不錯呀，怎麼會離婚？要不要復合呀？」我只得了一個白眼。婚姻應該和美食一樣，吃到自己嘴裡，只有自己知道是什麼味道。

不想當前夫的男人

作者簡介

王琦玉（Chiyu Wang）

現任「時藝集團」餐旅長，負責發展及營運旗下十數家文創型餐飲及旅宿產業。

身為台灣首位米其林餐酒專欄作家，在三十多年餐旅工作經驗裡，也擔任許多相關文字工作，包括美食、美酒與旅遊專欄及出版等，尤其對於歐洲與日本餐旅文化有許多深度見解。

- 首位華人就讀法國葡萄酒專門大學，並取得侍酒師執照。
- 任職西華飯店集團期間，將米其林主廚引進台灣，開台灣頂級餐飲風氣之先。
- 32 歲任晶華國際酒店集團執行副總，為台灣國際五星級飯店史上最年輕副總。
- 創立時達客酒店管理公司，自主品牌「椿」獲頒亞洲數十個飯店大獎。並與清酒品牌「獺祭」合作，在上海開立中國唯一的獺祭 DASSAI Bar 體驗餐廳。

樂埔町 「景、食、藝」美學交融的人文薈萃之地。（左上）
樂埔薈所 老屋注入創新餐飲元素，打造不凡極致饗宴。（左下）
樂埔堂 揉雜新舊之美，將昭和洋食發揮得淋漓盡致。（右上）
132官舍 百年古蹟重生，探索風城的隱食故事館。（右下）

時藝集團

【新書分享會】

《北山時雨》
——我的京都前妻懷孕了

王琦玉◎著

2025 ／ 03 ／ 08（六）

時間｜15:00 ~ 16:00

地點｜誠品南西店 5F Forum（台北市中山區
南京西路14號，捷運中山站）

國家圖書館預行編目資料

北山時雨：我的京都前妻懷孕了/王琦玉著. -- 初版. -- 臺北市：寶瓶文化事業股份有限公司, 2025.02
面； 公分. -- (Island ; 340)
ISBN 978-986-406-458-8 (平裝)

863.57 114000088

Island 340

北山時雨——我的京都前妻懷孕了

作者／王琦玉（時藝集團餐旅長）

發行人／張寶琴
社長兼總編輯／朱亞君
副總編輯／張純玲
主編／丁慧瑋
編輯／林婕伃・李祉萱
美術主編／林慧雯
校對／丁慧瑋・陳佩伶・劉素芬・王琦玉
營銷部主任／林歆婕 業務專員／林裕翔 企劃專員／顏靖玟
財務／莊玉萍
出版者／寶瓶文化事業股份有限公司
地址／台北市110信義區基隆路一段180號8樓
電話／(02)27494988 傳真／(02)27495072
郵政劃撥／19446403 寶瓶文化事業股份有限公司
印刷廠／世和印製企業有限公司
總經銷／大和書報圖書股份有限公司 電話／(02)89902588
地址／新北市新莊區五工五路2號 傳真／(02)22997900
E-mail／aquarius@udngroup.com

法律顧問／理律法律事務所陳長文律師、蔣大中律師
如有破損或裝訂錯誤，請寄回本公司更換
著作完成日期／二〇二四年七月
初版一刷+日期／二〇二五年二月二十七日

ISBN／978-986-406-458-8
定價／三八〇元

寶瓶文化·愛書人卡

感謝您熱心的為我們填寫，對您的意見，我們會認真的加以參考，
希望寶瓶文化推出的每一本書，都能得到您的肯定與永遠的支持。

系列：Island 340　書名：北山時雨——我的京都前妻懷孕了

1. 姓名：________________ 性別：□男　□女
2. 生日：_____年_____月_____日
3. 教育程度：□大學以上　□大學　□專科　□高中、高職　□高中職以下
4. 職業：________________
5. 聯絡地址：________________
   聯絡電話：________________
6. E-mail信箱：________________
   □同意　□不同意　免費獲得寶瓶文化叢書訊息
7. 購買日期：_____年_____月_____日
8. 您得知本書的管道：□報紙／雜誌　□電視／電台　□親友介紹　□逛書店
   □網路　□傳單／海報　□廣告　□瓶中書電子報　□其他
9. 您在哪裡買到本書：□書店，店名________________
   □劃撥　□現場活動　□贈書
   □網路購書，網站名稱：________________　□其他
10. 對本書的建議：________________
____
____
____
11.希望我們未來出版哪一類的書籍：________________
____

（請沿此虛線剪下）

亦可用線上表單。

寶瓶　讓文字與書寫的聲音大鳴大放
寶瓶文化事業股份有限公司

廣　告　回　函
北區郵政管理局登記
證北台字15345號
免貼郵票

寶瓶文化事業股份有限公司　收

110台北市信義區基隆路一段180號8樓

8F,180 KEELUNG RD.,SEC.1,

TAIPEI.(110)TAIWAN R.O.C.

（請沿虛線對折後寄回，或傳真至02-27495072。謝謝）